Un jeune homme seul

Roger Vailland

Un jeune homme seul

Bernard Grasset
PARIS

Putanier, édenté, drogué, communiste, libertin... On a taillé tous les costumes à Roger Vailland. C'est tout simplement l'un des plus grands écrivains du siècle. Souverain, *pour reprendre un mot qu'il affectionnait; souverain dans la forme incisive, cambrée de son écriture; souverain en ses idées qui se payaient d'actes. En lui se bouclait dialectiquement le cercle de feu du moraliste et du révolutionnaire.*

Il est né en 1907 à Acy-en-Multien, un petit village de l'Oise. A quatorze ans, au lycée de Reims, il se lie avec Roger Gilbert-Lecomte et René Daumal; ensemble ils fondent le groupe Simpliste (voyance, dédoublement du corps, rêve éveillé, rébellion, sacrifice et grand usage de strychnine, kola, absinthe et tétrachlorure de carbone); le Simplisme, avec la venue de ses membres à Paris, aboutira à la création de la revue mythique le Grand Jeu *qui n'aura que trois numéros. Dans la capitale pour préparer Normale supérieure — à laquelle il ne se présentera pas —, Vailland devient dès 1928 journaliste; Pierre Lazareff l'embauche à* Paris-Midi *(qui deviendra un peu plus tard le grand* Paris-Soir*). Un papier jugé trop apologétique sur le préfet Chiappe le fera exclure du groupe surréaliste par Breton et consorts. Débute alors une vie de reportages (Abyssinie,*

Roumanie, Turquie...) et l'apprentissage de cette écriture épurée et visuelle qui fera la gloire de ses livres. *En 1943, très accroché à l'héroïne, il subit une cure de désintoxication pour rentrer dans un réseau de Résistance lyonnais. Il y découvrira la pugnacité communiste.* En 1945 Drôle de jeu, *son premier roman, sur la Résistance, obtient le prix Interallié. En 1948, la même année que* les Mauvais Coups, *Vailland publie le* Surréalisme contre la révolution, *un pamphlet pro-communiste où il règle des comptes théoriques, et personnels, avec Breton. Quatre ans plus tard il adhère au Parti communiste ; il s'est retiré avec sa seconde femme, Élisabeth, aux Allymes dans l'Ain : « Par les sentiers de montagne, tantôt je gagnais les cités ouvrières de la vallée de l'Albarine, où se traite la soie artificielle, tantôt je descendais jusqu'au dépôt de chemin de fer d'Ambérieu-en-Bugey. Je participais aux réunions (...) je parlais dans les meetings, je défilais avec les militants (...). Je me battais, j'apprenais, j'étais heureux. J'écrivais* Beau Masque. *» (in* le Regard froid*). Mais Vailland ne fut jamais un apparatchik : « Le communisme n'est ni une église où l'on entre pour faire son salut, ni un dogme pour les inquiets en quête d'une esthétique. » Une esthétique... Vailland, quand il monte à Paris, continue donc ses ballets nocturnes : whisky, rhum et bordels. Le Parti renâcle ; il s'en moque. Mais surtout Vailland écrit. Beaucoup. Après* Bon pied bon œil *(1950) et* Un jeune homme seul *(1951), il publie* Beau masque *(1954) et* 325 000 francs *(1955) ; trois de ses essais paraissent entre 1953 et 1956 :* Expérience du drame, Laclos par lui-même *et* Éloge du cardinal de Bernis, *sans oublier du théâtre avec* Le colonel Foster plaidera coupable *(1952). En 1956 il s'éloigne sans bruit du Parti après l'invasion de la Hongrie par l'U.R.S.S. et le XXe Congrès du Parti communiste soviétique. L'année suivante il obtient le prix Goncourt avec* la Loi, *qui sera adapté au cinéma (par Jules Dassin), comme le furent deux autres de ses romans,* 325 000 francs *(Jean Prat pour la télévision) et* les

Mauvais garçons (François Leterrier). Vailland a également beaucoup écrit de scénarios, notamment pour Roger Vadim : Et mourir de plaisir, les Liaisons dangereuses, *enfin* le Vice et la Vertu *dont l'accueil est tellement désastreux qu'il décide d'arrêter là : « J'ai fait la pute, j'ai une Jaguar, maintenant j'arrête[1]. » En 1960, c'est* la Fête, *trois ans plus tard le recueil de textes* le Regard froid *consacré en grande partie au libertinage, à l'analyse des passions dans la grande tradition du XVIIIᵉ siècle dont il se fait ici l'éclatant héritier et où trouvera tout naturellement sa place l'*Éloge du cardinal de Bernis. *Son dernier roman,* la Truite, *paraît en 1964. Il meurt en 1965 dans sa maison de Meillonnas dans l'Ain. Cancer du poumon. Sa postérité sera celle d'un classique.*

*Avec la parution d'*Un jeune homme seul *en octobre 1951, Vailland confirme la richesse de son activité créatrice. La maison communiste, « Les Éditeurs Français Réunis », publie sa pièce de théâtre* Le colonel Foster plaidera coupable ; Boroboudour, *son récit de voyage à Bali et Java sorti en juillet, marche plutôt bien ; chez Corrêa, l'éditeur Edmond Buchet croit fermement, à tort, aux chances d'*Un jeune homme seul *pour le Goncourt. Bref, on parle énormément de Vailland. Il faut dire que dans ce quatrième roman il s'est encore mis tout entier. Lui et les siens...*

En 1923 Eugène-Marie Favart, élève de seconde, étouffe dans la ouate de sa maison particulière à Reims, entre un père ingénieur topographe, candidat malheureux à Polytechnique et lâche, et une mère bigote, fossilisée. Muré dans sa solitude le garçon rêve d'alcools plus forts. Invité au mariage d'un oncle à Paris, il délire presque à l'évocation de la mémoire de son grand-père savoyard, le communard François Favart. A ce mariage rue Pétrarque, Eugène-Marie rencontre aussi Pierre Madru, bien vivant lui, cheminot communiste révoqué pour sa participation à la grève de 1920 ; Madru qui lui parle d'une vie aux angles vifs, de sexe, de politique...

Vingt ans plus tard un inspecteur de la Sûreté nationale débarqué de Vichy se présente à Eugène-Marie, devenu ingénieur et chef de dépôt à la gare de triage de Sainte-

Marie-des-Anges, d'une importance stratégique et économique capitale en zone Sud. Le flic enquête sur l'accident du mécanicien Madru, résistant mort écrasé alors qu'il s'apprêtait à faire exploser une plaque tournante, selon la version du policier. Un enchaînement de circonstances aventureuses conduira Eugène-Marie marié à une bien trouble fille de républicain espagnol tué par les franquistes, apparemment ivrogne et désespéré, à s'engager auprès des communistes dans la Résistance et à se faire arrêter.

L'ouvrage agace une partie de la critique. Dans Climats Morvan Lebesque imagine « quel écrivain pourrait être M. Roger Vailland si seulement il était un écrivain libre... Je sais bien que ce livre est destiné à me convaincre, à me démontrer la supériorité d'une idéologie sur les autres... Mais, enfin, je voudrais bien qu'un jour M. Vailland écrivît selon son cœur, et rien de plus[2]. » L'article donne le ton général : l'immense talent de Vailland se gâche, se perd dans la propagande communiste — au moment où le joug stalinien étend son emprise à l'Est. Pauvre rengaine qui se renverse dialectiquement : c'est justement parce que Vailland est un grand écrivain, et donc naturellement libre, qu'il est vacciné en profondeur contre toute aliénation idéologique. Un jeune homme seul n'est pas un roman grossièrement engagé mais un livre d'une rigueur presque scientifique sur les noyaux constitués que forment les familles, biologique et politique, et sur les rapports qu'ils entretiennent avec le libre-arbitre de l'individu. C'est une étude romanesque en deux tableaux où l'on voit tour à tour un être refuser un milieu, s'écœurer de ne pas choisir un camp, enfin se déterminer par un acte presque dément et trouver sa synthèse vitale. Qu'elle se fasse pour Eugène-Marie, double de l'auteur, au sein de la Résistance, avec les communistes, procède d'un choix théorique, assumé, de Vailland. Pas d'un asservissement.

L'auteur en maître du style sec, trace des portraits d'une efficacité, d'une sobriété remarquables. Les phrases brillent, *claires comme des lames; les dialogues donnent le fouet. Quarante ans ont passé qui rendent leur verdict : dans* Un jeune homme seul *Vailland est au sommet de son talent.*

1. *Cité in* Drôle de vie, *d'Élisabeth Vailland, Lattès, 1984.*
2. *Cité in* Roger Vailland ou Un libertin au regard froid *d'Yves Courrière (Plon, 1991), très documenté sur la genèse d'*Un jeune homme seul *et les réactions à sa parution.*

PREMIÈRE PARTIE

I

Eugène-Marie Favart, élève de seconde au lycée de Reims, rentre chez lui à bicyclette, un après-midi de mai 1923. Il vient de dépasser l'octroi de la route de Laon et aperçoit déjà, entre deux maisons en ruine, la villa de ses parents. Sans ralentir le train, il interroge à son poignet le chronomètre d'acier chromé, cadeau de première communion. Il a fait le chemin, depuis le parvis de la Cathédrale, en sept minutes vingt-deux secondes. « Je suis en forme », pense-t-il. Son style lui impose maintenant de passer sans ralentir sur le trottoir, en utilisant l'accès d'un chantier voisin, puis de sauter en voltige et sans avoir touché le frein, juste sur le seuil de la maison. Le mouvement se décompose en trois phases. D'abord : appuyer sur la gauche, ensuite...

Un cycliste arrive en sens inverse, à grande allure, courbé sur un guidon de course. Il fait un écart, évite Eugène-Marie, mais ne parvient pas à redresser ; la roue avant prend le trottoir en écharpe, l'homme s'envole par-dessus le guidon et atterrit sur un tas de gravier. Eugène-Marie bloque les freins et saute à terre, sans voltige.

L'homme s'est déjà relevé. Il a du sang sur le front. Il passe la main sur le front ; il n'y a pas beaucoup de sang sur la main, qu'il essuie sur son pantalon de velours. Il va ramasser sa casquette qui a volé de l'autre côté du tas de gravier, et s'en recoiffe, tout à fait sur le côté et en arrière, « c'est à cause de la blessure », pense Favart. Puis l'homme se penche sur son vélo, qui est couché dans le caniveau, un vélo de prix, avec un cadre en métal chromé et des garde-boue de bois verni. La roue avant, à jante de bois, s'est cassée sous le choc.

Eugène-Marie pense : « Il tenait sa droite. Je suis dans mon tort. Je suis passé soudainement de droite à gauche, sans un geste, sans un signe. Je suis complètement dans mon tort. Qu'est-ce que ça va coûter de réparer son vélo ? La roue est cassée, il va falloir acheter une roue neuve, qu'est-ce que ça va coûter, une roue à jante de bois verni ? Le front saigne, l'entaille ne paraît pas bien profonde, mais les ouvriers trouvent tous les prétextes bons pour réclamer des indemnités à n'en plus finir, on appelle ça incapacité de travail. Ils sont terribles sur ce chapitre-là, tout le monde le dit. Qu'est-ce que ça peut coûter, une incapacité de travail comme celle-là ? Maman mettra bien trois mois à me pardonner ce que ça va nous coûter. S'il y a vraiment incapacité de travail, elle ne me le pardonnera pas avant six mois. Avant un an. Je n'aurai pas mon costume. Je porterai encore des culottes courtes pour l'anniversaire de mes seize ans... »

L'homme examine attentivement les dégâts. Il passe les doigts sur la jante brisée, touche l'un après l'autre les rayons tordus, détache les fragments du garde-boue, qui s'est cassé en trois, et jette dans le ruisseau les morceaux de bois verni. Alors seulement il se tourne vers le garçon...

— Je tenais ma droite, dit-il. Il fallait prévenir...

Il parle avec un fort accent étranger. Le ton n'est pas agressif. « C'est un ouvrier polonais », pense Eugène-Marie. L'étranger est grand, un peu voûté, le teint clair, le cheveu blond. Il fixe maintenant sur Eugène-Marie deux grands yeux gris au regard triste.

Le garçon se tient devant lui, au milieu du trottoir, les joues en flammes, les bras pendants, les mains ouvertes à hauteur des culottes courtes.

— Où habites-tu ? demande l'homme.

Favart désigne la maison du doigt. L'homme examine la maison, puis de nouveau le garçon.

— Qu'est-ce que fait ton père ? demande-t-il.

— Ingénieur, répond le garçon.

L'homme pivote lentement sur lui-même, charge le vélo sur son épaule et s'en va sans se retourner.

« Un ouvrier polonais, pense Eugène-Marie. Les ouvriers polonais sont mal vus à Reims en ce moment. Chaque fois qu'il y a un crime, on arrête d'abord des Polonais. Quand celui-ci a su que j'étais le fils d'un ingénieur, il a compris qu'on lui donnerait tort. Quand il a vu que j'habitais une *maison particulière,* il a été certain qu'on l'accuserait d'avoir provoqué l'accident. Il n'a peut-être pas la conscience tranquille... »

L'homme s'éloigne avec le vélo sur l'épaule. Il boite un peu ; le genou aussi a porté sur le tas de gravier.

« Il ne m'a pas injurié, pense Eugène-Marie. Il ne m'a fait aucun reproche. »

Le garçon se sent soulagé.

Il sonne à la porte. Il regarde encore une fois la silhouette qui s'éloigne en boitant. L'homme ne se retourne pas.

Le garçon se sent humilié.

II

La sœur d'Eugène-Marie, Béatrice Favart, élève de septième à l'Institution Sainte-Jeanne-d'Arc, vint lui ouvrir. Des éclats de voix indistincts parvenaient du bureau, première pièce à gauche dans le couloir. Eugène-Marie haussa les sourcils interrogativement.

— C'est papa et maman, dit Béatrice... Il est arrivé une lettre de grand-mère Favart, au sujet du mariage de l'oncle Lucien...

Eugène-Marie et Béatrice passèrent dans la salle à manger, deuxième porte à gauche dans le couloir. Grand-père Godichaux, assis dans son fauteuil, tendait l'oreille au bruit confus de la dispute, la pommette rouge, l'œil brillant et une goutte de sueur qui coulait doucement sur la tempe.

— Tu es allé boire une Cressonnée chez Goulet-Turpin, dit Eugène-Marie.

Le vieux est l'habitué du comptoir de Goulet-Turpin, l'épicerie du coin de la rue voisine. Il cligne de l'œil. Son petit-fils lui sourit.

— Ça barde? demanda Eugène-Marie.

— Hé, hé! ricana Godichaux, la vieille Favart s'est fâchée.

Il montra une enveloppe bleue posée sur la cheminée. L'enveloppe, qui venait de Paris, était adressée à Mme Victoria Favart et portait la mention *personnelle,* soulignée deux fois. La lettre, sur papier bleu également, avait été replacée dans l'enveloppe décachetée. L'écriture était claire, montante, les pleins bien accentués. Eugène-Marie lut :

Ma chère Victoria, le mariage de ton beau-frère, mon fils Lucien, sera célébré, comme tu le sais déjà, le trente de ce mois, à la mairie de mon arrondissement.

Ton mari, mon fils Michel, m'a déjà écrit à trois reprises que tu voyais des objections à ce mariage. C'est vrai que je m'y suis longtemps opposée. Je tiens donc à te faire savoir personnellement que, puisque maintenant je consens à ce mariage, je considère maintenant Lucie comme ma fille, exactement au même titre que toi.

Pour tout te dire, je m'étonne que tu reproches à Lucie d'avoir pour parents un ouvrier (décédé) et une concierge. Je crois en effet me rappeler que M. Godichaux était bougnat et que feu ta mère, à l'époque où il commença de la fréquenter, se trouvait placée comme domestique dans une maison bourgeoise. Si mon fils s'est fait une situation et t'a offert un piano, dont tu ne sais pas te servir, ni personne chez toi ne sait non plus s'en servir, c'est parce que j'ai pu lui payer des études.

Je compte donc absolument que tu assisteras à ce mariage, avec ton mari et avec ton fils, Eugène-Marie, mon petit-fils. Ton père restera chez vous pour garder Béatrice, ma petite-fille. Je ne te demande pas d'être aimable avec Lucie. Elle est assez grande pour se défendre toute seule. Elle l'a prouvé.

Je t'embrasse ainsi que tout le monde chez toi.

            Eugénie Favart.

P.-S. — Quand mon défunt mari vendit notre premier restaurant, il m'offrit deux diamants montés en boucles d'oreilles. J'ai cessé, à mon veuvage, de porter ces boucles d'oreilles. L'un des diamants, monté en solitaire, te fut offert par Michel comme bague de fiançailles. Je viens de

faire monter le second en solitaire, comme bague de fian-
çailles pour Lucie. Cela est juste.

Eugène-Marie replaça la lettre dans l'enveloppe et l'enveloppe sur la cheminée.

— Si nous allons au mariage, dit-il, j'aurai mon costume.

— Les culottes courtes t'empêchent de courir les filles, dit Godichaux.

Béatrice tapait de toutes ses forces sur le piano. Depuis un an qu'elle prenait des leçons une fois par semaine, elle répétait toujours le même exercice.

— Arrête, lui cria Godichaux, ton tapage m'empêche d'entendre ce qu'ils se disent...

La porte du bureau s'ouvrit brusquement. Du seuil, Victoria Favart cria à son mari :

— Et si elle te gifle, tu répondras encore une fois *amen.*

Elle pénétra dans la salle à manger.

Elle a la démarche brusque et gauche des fillettes qui n'arrivent pas à dépasser l'âge ingrat, la poitrine plate et le visage sans âge des femmes qui vieillissent avant d'avoir vécu.

Elle marcha droit à la cheminée et, en saisissant l'enveloppe bleue, fit tomber la boîte à couture qui était posée à côté. Les bobines se répandirent sur le parquet. Elle s'accroupit pour les ramasser.

— Hé ! hé ! fit Godichaux.

Elle se retourna tout d'une pièce vers lui.

Elle a, des ancêtres luxembourgeois de sa mère, la haute taille et le cheveu blond filasse, et, des ancêtres auvergnats de son père, la pommette saillante, l'œil bridé et la main courte. Mais, comme une rivière paresseuse qui se jette dans un fleuve endormi, et les deux eaux coulent longtemps côte à côte sans se mélanger, les sangs divers dont elle a hérité n'ont pas été brassés, au cours d'une vie sans orages. Sa présence crée un malaise analogue à celui qu'on éprouve à la vue d'un organisme inachevé, qui se flétrit avant d'avoir mûri.

— Hé! hé! a fait Godichaux, quand la boîte à couture est tombée.

Victoria Favart s'est retournée vers lui et l'a examiné:

— Tu es encore allé chez Goulet-Turpin...

Eugène-Marie l'interrompit:

— Est-ce que je peux aller faire mes devoirs dans le bureau?

— Attends un peu, répondit-elle, j'ai encore à parler à ton père. Ramasse donc les affaires de ma boîte à couture.

— Je n'aurai pas fini mes devoirs à sept heures.

— Le petit a raison, dit Godichaux. On exige qu'il ait fini ses devoirs à sept heures...

Béatrice avait recommencé à taper sur le piano.

— Arrête! lui cria Victoria.

— A quelle heure pourrai-je aller faire mes devoirs? demanda Eugène-Marie.

— Vous me rendrez folle, cria Victoria, voilà ce que vous ferez.

Elle rentra dans le bureau, avec la lettre bleue à la main.

— Moi, dit-elle, j'appelle cette lettre une gifle.

Elle referma la porte du bureau et l'on n'entendit plus que des éclats de voix, sans distinguer les paroles.

Michel Favart, l'ingénieur, s'était présenté en juin 1899 au concours de l'Ecole polytechnique, qu'il avait préparé pendant deux ans, à Paris. Il n'avait pas été admis. Quand il avait annoncé son échec à sa mère, Eugénie Favart, elle l'avait giflé. Cette gifle, reçue et acceptée à l'âge de dix-neuf ans, avait décidé de sa carrière. Plutôt que de rentrer en octobre en *taupe,* et de s'y préparer à affronter une seconde fois le jury d'admission à l'Ecole et les conséquences familiales d'un nouvel échec, il s'était présenté, quasi en cachette, à un concours du ministère de l'Agriculture et avait participé, comme agent topographe, à une campagne de remembrement dans le Valois. Cinq ans plus tard, Michel Favart se fiançait avec Victoria Godichaux, à la suite d'une rencontre ménagée par une amie commune des deux familles. Les Favart et les Godichaux contribuèrent chacun pour dix mille francs (deux millions 1950) à l'établissement du jeune ménage, ce qui lui permit: 1° l'achat d'une charge de géomètre-expert dans un canton du sud de la Marne ; 2° d'ignorer l'incertitude du lendemain et l'angoisse qui en résulte. Tout de suite après la première guerre mondiale, au cours de laquelle il avait été mobilisé comme cartographe dans les bureaux de l'état-major, Michel Favart vendit sa charge et, prévoyant le développement des industries américaines, répartit son petit capital sur diverses valeurs qu'il estimait de tout repos, en particulier les aciéries, « on aura toujours besoin de plus en plus d'acier ».

Il s'installa alors à Reims, où vivaient la plupart de ses clients d'avant-guerre. Il ne se lança pas dans les aventures de la reconstruction, qui faisait des régions libérées une sorte de Far-West, où des émigrants venus de toute la France et de toute l'Europe se disputaient les milliards avancés par l'Etat sur les réparations que l'Allemagne s'était engagée à payer. Mais il s'assura d'honnêtes honoraires en collaborant avec les architectes locaux à l'établissement du plan d'urbanisme de la ville et des plans d'équipement rural des environs.

Eugène-Marie connaissait bien toutes les étapes de cette carrière. Son père aimait évoquer les aspects techniques, psychologiques, voire poétiques de son métier. Il racontait les matins d'hiver dans les plaines du Valois, les longues marches dans les labours durcis par le gel, en compagnie de l'arpenteur et des deux porte-mires ; plus tard, les débats avec les gros fermiers de la Champagne à blé, les bornes sournoisement déplacées, les mensurations qu'il faut refaire et les contre-expertises des contre-expertises ; plus tard encore, cette grande aventure, quand la commission topographique de l'armée l'avait engagé pour faire la triangulation d'un district ardennais, dont on rectifiait la carte d'état-major, modèle 1889 ; maintenant enfin, ce travail fascinant, le projet de reconstruction d'un village déplacé de la « zone rouge[1] », en collaboration et sous le contrôle d'un architecte du gouvernement, tout à recréer, du plus nu des hangars à l'église et à la mairie, un monde neuf à faire surgir du sol.

Victoria Favart, par contre, en revenait toujours à la gifle qui avait empêché son mari de se présenter une seconde fois à l'Ecole polytechnique, où il aurait certainement été reçu. Il serait devenu ingénieur des Mines, ou des chemins de fer, ou des Manufactures de l'Etat. Faute d'être entré à l'Ecole, il avait dû se cantonner dans des professions en marge, dans des situations de second ordre ; après avoir été géomètre-expert, il était devenu ingénieur-conseil ; qu'est-ce que cela veut dire, ingénieur-conseil ? C'est un titre qui sonne louche, qui fait penser aux « cabinets d'affaires » ouverts par les avocats rayés du barreau. Son plan d'équipement rural, auquel il *se donne* de tout son cœur, pour lequel *il sue sang et eau* et qu'il fait *de A jusqu'à Z,* sera signé par l'architecte DPLG, qui *n'y aura pas mis le bout de son nez, un viveur, qui fait la noce avec l'argent que les autres gagnent pour lui.* De toutes ces

1. On désigna sous le nom de « zone rouge », au lendemain de la première guerre mondiale, les champs de bataille dont le sol avait été tellement bouleversé qu'il était devenu impropre à la culture. Un certain nombre de villages furent déplacés de l'intérieur à l'extérieur de la zone rouge.

injustices, Victoria Favart n'accusait pas la structure d'une société trop complexe pour qu'elle puisse en analyser le mécanisme et les contradictions, mais uniquement la gifle donnée par la vieille Favart. *On n'est jamais reçu la première fois à Polytechnique.* La gifle, en détournant Michel Favart de se présenter une seconde fois à l'Ecole, avait faussé irrémédiablement le cours de sa vie et, par voie de conséquence, de celle de sa femme et de ses enfants.

— Chaque mot de ta mère est une gifle pour nous, criait Victoria Favart, en brandissant la lettre bleue à l'écriture impérieuse.

Eugène-Marie, cependant, s'était assis sur un siège de paille tressée, à dossier de bois tourneboulé, dénommé le *coin à maman*. Il pensait une fois de plus à la gifle. L'intransigeance était un des attributs inséparables de sa grand-mère, consubstantiel à sa grandeur, et la gifle une manifestation de cet attribut, au même titre que la foudre par quoi s'exprimait la toute-puissance de Jupiter, dans le dessin de Jupiter tonnant, sur la couverture de la grosse mythologie de Decharme, que son père lui avait offerte pour ses étrennes. La lettre était une autre manifestation, qu'il eût été facile de prévoir, de cette théâtrale et quasi divine intransigeance. Ce qui était aujourd'hui surprenant, c'était que l'intransigeance de la grand-mère Favart eût finalement fléchi devant l'entêtement d'oncle Lucien à épouser Lucie Fleuri. Eugène-Marie sollicita Godichaux d'expliquer ce mystère :

— Ta grand-mère Favart, répondit Godichaux, a bien changé depuis quelques années...

— Tu veux dire qu'elle a vieilli?

— Ces femmes-là ne vieillissent pas, répondit le vieux. Elle nous enterrera tous.

— Moi aussi ?

— Pas toi. Tu es fait du même bois qu'elle. Mais ton père et ta mère, sûrement...

Godichaux sortit une tabatière de la poche intérieure de son gilet de laine, versa un peu de tabac à priser sur le dos de sa main et renifla.

— Maman ne veut pas que tu prises, dit Béatrice.

— Ce que ma fille veut ou ne veut pas...

Godichaux chercha une comparaison, ne trouva pas et lança un long jet de salive dans le crachoir de faïence, au pied de son fauteuil.

— ... Si les Russes ne m'avaient pas ruiné, les volontés de ma fille, il y a longtemps que je m'assoirais dessus...

Quand il s'était retiré des affaires, en 1911, Godichaux avait placé la presque totalité de ses économies en emprunts russes. La révolution l'avait ruiné. Le voilà contraint de vivre chez « ses enfants ». Il ne lui restait qu'un Canal de Suez et quelques rentes françaises, dont il dépensait les maigres intérêts au comptoir de Goulet-Turpin et pour son tabac à priser.

— Mais ta mère a tort de me manquer de respect...

Il se redressa.

— ... A soixante et onze ans, j'ai plus de sang dans les veines qu'elle n'en a jamais eu. Aimé Godichaux est encore capable de soulever un sac de charbon sur ses épaules. Je vendrai mon Canal de Suez, je louerai le hangar mitoyen à l'épicerie Goulet-Turpin, et je peindrai moi-même sur la porte : *Godichaux, Vins et Charbons,* comme quand je suis arrivé à Paris en 1867. Qu'est-ce qu'elle dira, ta mère ?... Tu ne veux pas chercher dans le journal combien fait aujourd'hui mon Canal de Suez ?

— Grand-mère aussi a des Canal de Suez ? demanda Eugène-Marie.

— Bien sûr, répondit Godichaux. Mais, au moment de l'Exposition de 1900, ta grand-mère Favart n'avait pas besoin des titres des autres. Elle avait ses titres à elle, à son nom…

— A son nom? demanda hypocritement Eugène-Marie, qui ne manquait jamais l'occasion de se faire répéter l'histoire déjà cent fois entendue…

— A son nom: Société des Restaurants Favart, et qui étaient cotés en Bourse. On disait: Restaurants Favart. Restaurants Favart a perdu 3 points, Restaurants Favart a gagné 2 points… Dans ce temps-là, Eugénie Favart était une femme orgueilleuse.

— Elle est toujours orgueilleuse, dit Eugène-Marie.

— Elle n'est plus si glorieuse, depuis que les hommes d'affaires l'ont ruinée. Les hommes d'affaires, c'est encore pire que les Russes. Où elle a changé, c'est après le krach des Raffineries Say, quand elle a compris qu'elle était définitivement ruinée. Elle est encore orgueilleuse, bien sûr. Mais plus de la même manière. Du temps des Restaurants Favart, elle était orgueilleuse, comment t'expliquerai-je?… orgueilleuse comme un roi. Quand tu dis: *je veux,* ta mère te reprend en te faisant remarquer: *le roi dit nous voulons*. Ta mère croit que c'est par politesse que les rois disaient: *nous voulons*. Ta mère n'y comprend rien. Les rois disaient: *nous voulons,* pour bien nous faire comprendre qu'ils voulaient à notre place; le peuple n'avait pas le droit de vouloir; le peuple n'avait qu'à se taire; la volonté du peuple, c'était ce que voulait la volonté du roi. Voilà pourquoi le roi disait: *nous voulons*. Eh bien! Eugénie Favart disait toujours: *nous voulons*. Avant la mort de ton grand-père, c'était parce qu'elle parlait en son nom. Il ne comptait pas, le pauvre vieux. Mais, après sa mort, elle a continué plus que jamais. C'était tout le temps: *nous voulons, nous refusons, nous exigeons, nous n'admettons pas, nous avons décidé que…* Après le krach des Raffineries Say, elle a commencé à dire *je,* comme tout le monde. *Je veux, je veux,* plus de *nous voulons,* et les autres ne font pas toujours ce qu'elle veut...

— Mais quand papa s'est présenté à Polytechnique, grand-mère Favart était encore riche?

— 1899, c'était l'année où Restaurants Favart fut introduit en Bourse. Il y avait douze restaurants Favart dans Paris. Et, l'année suivante, il s'en ouvrit un treizième, au pied de la tour Eiffel, en plein centre de l'Exposition universelle.

— Alors, grand-mère Favart n'était pas obligée, comme papa et maman pour moi, de faire des sacrifices, pour que son fils puisse poursuivre ses études.

— Des sacrifices...

Godichaux cracha dans le crachoir de faïence.

— ... Des sacrifices! Ta mère parle toujours de sacrifices. Chaque fois qu'elle dépense un sou, c'est un sacrifice. Ton père gagne pourtant des sous. Mais si elle doit faire remplacer un carreau cassé, Victoria crie que vous finirez tous à l'hôpital. Crois-moi, mon petit, les gens qui ont tellement peur de finir à l'hôpital, ce sont eux qui finissent à l'hôpital.

— Mais grand-mère Favart n'était pas comme maman...

— Ta grand-mère, t'ai-je dit, était un roi. Elle donnait des pourboires comme un roi. Mes commis se disputaient pour aller livrer le charbon chez Eugénie; elle était bien plus glorieuse que le neveu du président de la République qui habitait la même maison. Glorieuse, mais pas fière: elle continuait de se servir chez moi, comme quand elle était arrivée de Savoie à Paris, après la guerre de 70, sans un sou dans la poche de ses jupons reprisés. Il est vrai que moi aussi j'avais prospéré; je voyais moins grand qu'elle, mais mon affaire était peut-être plus solide: bougnat j'avais débuté, bougnat je restais. Mais je m'étais développé en même temps que le quartier. En 1900, je fournissais du charbon et des vins dans tout Passy et dans tout Grenelle ; j'avais six voitures de livraison attelées chacune de deux chevaux boulonnais, un entrepôt derrière le Trocadéro, un autre au Point-du-Jour et une écurie à Grenelle pour ma cavalerie. Sur mes charrettes, j'avais fait peindre en lettres noires sur fond jaune : *Aimé Godichaux...*

— Je sais, interrompit Eugène-Marie. Mais tu disais que grand-mère Favart ne regardait pas à la dépense...

— Quand Eugénie a emménagé avenue Mozart, c'était en 1895, je crois bien que, pour pendre la crémaillère, elle a invité tous les Savoyards de Paris. Elle m'a commandé les vins : bordeaux, bourgogne, champagne... « Quelle qualité ? » ai-je demandé. « La meilleure. » Elle commandait toujours tout ce qu'il y avait de meilleur.

— Alors, elle aurait pu laisser à papa tout le temps nécessaire pour être reçu à Polytechnique ?

— Elle aurait pu nourrir ton père, sans qu'il fasse rien, autant d'années qu'il aurait voulu, et lui laisser par-dessus le marché assez d'argent de poche pour qu'il entretienne une danseuse.

— Alors, pourquoi l'a-t-elle giflé, quand il a été recalé à Polytechnique ?

— Parce qu'elle est orgueilleuse.

— Il n'y a pas de honte à être recalé la première fois qu'on se présente à Polytechnique.

— Il n'y a peut-être pas de honte pour les autres. Mais c'était une honte qu'un fils Favart échoue à un concours. C'était un peu comme si la maison Favart avait fait faillite. Dans ce temps-là, ce n'était pas comme aujourd'hui, où l'on voit d'anciens faillis recevoir la Légion d'honneur. La faillite, c'était le déshonneur. Eugénie n'a plus respecté ton père, depuis le jour où il a échoué à Polytechnique.

Godichaux renifla une prise. Puis il éternua. Puis il cracha. Puis il se moucha.

Eugène-Marie réfléchissait:

— Grand-mère Favart, s'écria-t-il, est une mauvaise femme. Je suis content qu'elle soit ruinée.

— Tu n'y comprends rien, dit Godichaux. Nous étions tous orgueilleux, c'est que nous étions les meilleurs...

Il se détacha du dossier du fauteuil, se pencha en avant, examina attentivement son petit-fils, qui le regardait droit dans les yeux.

— ... Tu n'y comprends rien, reprit-il. Mais je t'observe pousser de jour en jour. Je suis sûr que tu comprendras avant qu'il soit longtemps...

Puis il tourna les yeux vers Béatrice, qui s'était assise par terre et soulevait un à un vers la lumière de la porte-fenêtre, entrouverte sur le jardin, les boutons répandus autour de la boîte à couture renversée : les boutons de cuivre à sujets du Second Empire, les boutons de porcelaine à fleurs du temps de Louis-Philippe, les boutons ronds à bottines, les boutons de nacre des guimpes de la fin du siècle. Victoria Favart ne jetait jamais rien.

— Celle-là aussi, dit Godichaux, je la regarde grandir. Mais on ne croirait pas qu'elle est du même sang que toi. Pas de dignité, pas de cœur, déjà putote. Il faudra la marier à un propre à rien à galons...

Eugène-Marie éclata de rire.

— ... Victoria sera heureuse d'être belle-mère d'officier, continua le vieux...

Béatrice est plus forte que la plupart des fillettes de son âge. Grosses joues, grosses cuisses, elle paraîtrait saine, si elle ne regardait pas en dessous : c'est qu'on lui a appris à l'Institution Sainte-Jeanne-d'Arc que la modestie exige qu'une fillette garde les yeux baissés.

Godichaux a dit un jour, à table, pendant le déjeuner : « Béatrice a un pétard du tonnerre de Dieu. Pas besoin de se faire de soucis pour une fille qui a un si beau pétard ! »

Victoria lui a fait une scène. Le soir, sur l'oreiller, elle a dit à son mari : « Quand Béatrice aura encore un peu grandi, nous ne pourrons plus garder papa chez nous ; tu devrais commencer à te renseigner sur le prix des pensions dans les maisons de vieillards... »

Les éclats de voix, dans l'autre pièce, se sont apaisés. Victoria sort du bureau, les lèvres pincées. Elle jette un coup d'œil circulaire sur la salle à manger.

— Au lieu de jouer avec les boutons, tu ferais mieux de les ramasser, dit-elle à Béatrice.

» Tu n'es pas gentil, dit-elle à Eugène-Marie, je t'avais demandé de remettre en ordre ma boîte à ouvrage. Tu ne fais jamais rien pour ta mère...

— Hé ! hé ! grogne Godichaux.

— Qu'est-ce que vous avez à dire ? demande à son père Victoria.

— J'étais en train d'expliquer à tes enfants que j'aurais dû te marier à un propre à rien à galons...

— Ce n'est pas de toi qu'il parlait, interrompt précipitamment Eugène-Marie.

— Vous avez encore bu une Cressonnée, dit Victoria à son père.

— J'en ai bu trois, répond Godichaux.

— Vous n'avez aucun respect de vous-même.

— Je fais ce que je veux de mon argent. Ce n'est pas toi qui l'as gagné.

— Il ne suffit pas de gagner de l'argent, il faut savoir le conserver.

— Pour savoir le conserver, on peut dire que tu sais le conserver...

— Taisez-vous devant les enfants, dit Victoria.

— Je me tairai, si ça me plaît. Et si ça ne te plaît pas, c'est la même chose. Et puis j'en ai assez d'être traité comme un domestique chez mes propres enfants... Tu veux savoir ce que je vais faire? Eh bien! voilà ce que je vais faire: je vais me placer chez les autres. A soixante et onze ans, Aimé Godichaux se placera chez les autres. Comme je te le dis. Je me placerai comme gardien de nuit chez l'entrepreneur de charpente d'à côté...

Victoria se tient toute droite, de l'autre côté de la table de la salle à manger, et, devant elle, Béatrice, qui continue de mirer dans la lumière les boutons de nacre, comme si elle n'entendait rien. Eugène-Marie, assis les jambes écartées sur le coin de paille tressée qu'il a rapproché du fauteuil de son grand-père (le vieillard et l'adolescent se trouvent ainsi tout près l'un de l'autre, comme des complices), et Godichaux qui, calé dans le fauteuil, les coudes bien appuyés sur les accoudoirs, la tête renversée sur le dossier, la fixe férocement.

— Vous me ferez mourir, dit Victoria d'une voix presque basse... tous autant que vous êtes, vous me ferez mourir, voilà ce que vous ferez.

Elle se tient rigoureusement immobile. Le bleu pâle de la veste de laine, qu'elle porte par-dessus sa chemisette de soie blanche, rehausse le bleu pâle de ses yeux. Elle serre un peu plus les lèvres. Un pli fronce la base du nez. Et soudain ses joues sont inondées de larmes.

— Maman! crie Eugène-Marie.

Elle se retourne, se jette sur la porte du couloir, la claque derrière elle, et l'on entend son pas précipité dans l'escalier.

Eugène-Marie s'est dressé d'un bond:

— Je vous déteste tous, crie-t-il.

Et il court derrière sa mère.

III

Eugène-Marie rejoignit Victoria, au premier étage, dans la *chambre à maman* — ainsi nommait-on la chambre conjugale des Favart —, la plus belle de l'étage, celle dont les fenêtres ouvraient sur l'avenue de Laon, juste au-dessus du bureau.

La pièce était meublée d'un ensemble en acajou, genre Louis XV, signalé dans le contrat de mariage au titre de donation des Favart (la salle à manger Second Empire était un apport Godichaux). L'ensemble comprenait un lit à deux personnes, avec couvre-lit de damas rose, une armoire à glace à deux battants, un fauteuil, des chaises et un pouf à sièges de velours rose, une table de nuit à dessus de marbre rose, des doubles rideaux de damas rose, une pendule en bronze doré et deux vases de Sèvres (ou imitation Sèvres, Eugène-Marie ne le sut jamais) ; la clé dorée de la pendule était toujours placée au fond du vase de droite ; on ne mettait jamais de fleurs dans les vases, parce que les fleurs entêtent. On trouvait encore, dans la *chambre à maman,* une élégante table à thé anglaise, de bois clair, à marqueterie multicolore, gage laissé à Godichaux pour un achat de charbon qui n'avait jamais été payé, et un bureau Louis XV authentique, de la forme dite en crapaud, merveilleusement contourné, délicieusement proportionné, cadeau offert le 1er janvier 1900 par François Favart à sa femme Eugénie, et abandonné par celle-ci à sa bru un jour de bonne humeur.

Les murs étaient tapissés d'un papier bleu ciel, à dessins

en relief imitant le brocart. Un christ d'ivoire au-dessus du lit. Au-dessus du bureau, une gravure encadrée, Daphnis et Chloé, nus, chastement enlacés au pied d'une cascade, allusion au caractère intime de la chambre conjugale. Au-dessus de la table à thé, une jeune femme à la gorge à demi dévoilée, debout dans un décor champêtre et, en légende, deux vers italiens (l'Italie est le pays des voyages de noces) :

Primavera, giovinezza dell'anno,
Giovinezza, primavera della vita.

Sur la table de nuit, une lampe à pétrole à abat-jour de soie, du même rose que le dessus-de-lit, les doubles rideaux et les sièges. En 1919, quand il avait loué la villa, avec un bail trois, six, neuf, Michel Favart avait fait poser l'électricité dans les pièces du rez-de-chaussée, mais non dans les étages ; Victoria avait en effet fait remarquer : « On ne vit pas dans les chambres, on ne fait qu'y dormir, et les ouvriers coûtent si cher à présent ; ils demandent des prix fous pour n'importe quoi, sous prétexte qu'on a besoin d'eux pour reconstruire les régions libérées... » On s'éclairait donc au pétrole dans les pièces du haut, c'est-à-dire au premier étage, dans la *chambre à maman,* la *chambre à pépé* (sur le jardin), la *chambre à Béatrice,* juste en face de l'escalier, fenêtre sur la rue, communiquant avec la chambre conjugale ; c'était l'ancien cabinet de toilette, avec les canalisations toutes prêtes pour la pose d'un lavabo et d'une baignoire. « Mais nous verrons plus tard, avait dit Victoria, tout est tellement cher depuis qu'on s'est mis en tête de reconstruire les régions libérées ; il n'y a pas besoin de baignoire pour être propre ; on peut très bien se laver dans la cuisine. » Les Favart se lavaient donc tous les matins à l'eau froide dans la cuisine et, chaque samedi soir, prenaient à tour de rôle un bain de pieds chaud dans le baquet qui servait à rincer le linge.

Eclairage au pétrole également dans la chambre d'Eugène-Marie, au second étage, pièce en soupente, donnant sur l'avenue, à côté du grenier. Le garçon avait donc pris l'habitude, dès le premier hiver, de faire ses devoirs dans le bureau de son père ; et puis, il avait continué pendant l'été. Cela devait avoir toutes sortes de conséquences pour lui, les unes heureuses, les autres malheureuses.

Les chambres n'étaient jamais chauffées, même au cœur de l'hiver, qui est rude à Reims.

Eugène-Marie trouva sa mère assise dans le fauteuil de velours rose, aux pieds de Daphnis et Chloé, les mains à plat sur les genoux, les joues ruisselantes de larmes.

Il s'assit par terre, à ses genoux, les mains posées sur ses mains et le visage tourné vers ses yeux d'où les larmes coulaient silencieusement, sans qu'un pli du visage bougeât, sans un hoquet, sans un sanglot. Elle regardait au loin. Le souffle soulevait la poitrine avec l'effrayante régularité qu'on voit aux enfants qui dorment.

— Maman, dit-il, je ne veux pas que tu pleures.

Il pensa à Niobé que la douleur avait métamorphosée en statue de marbre.

— Maman, dis-moi quelque chose.

Une larme plus ronde que les autres prit de l'élan sur la pente de la pommette et vint s'écraser sur la main du garçon.

— Maman, murmura-t-il, *mamalamalamalama mamulamolamalamolama mamanlamalamolamu...*

C'était la mélopée dont il accompagnait, quelques années plus tôt, quand il n'avait pas encore « l'âge de raison », les caresses qu'il prodiguait à sa mère.

Victoria sourit à travers ses larmes.

— Mon grand, murmura-t-elle.

Il posa la joue sur les genoux de sa mère ; elle mit une main dans ses cheveux. Il ne voyait plus maintenant que le rideau de damas rose. Il sentait contre sa nuque le ventre, que le rythme régulier de la respiration éloignait et rapprochait tour à tour. Ils demeurèrent un long moment silencieux.

— Remarque, dit-elle, que je n'ai rien à dire contre ce mariage. Qu'un *socialo* épouse une repasseuse, c'est naturel. Qu'un raté fasse sa vie avec la fille d'une concierge, nous aurions dû nous y attendre. Et ils feront de leurs enfants des *ouverreriers,* c'est le contraire qui serait surprenant...

(Victoria disait toujours *socialo* pour socialiste et *ouverreriers* pour ouvrier, avec un bref silence avant le mot, qui équivalait à une mise entre guillemets. Elle croyait ainsi parodier l'accent faubourien, inséparable à son idée de la condition ouvrière et des convictions socialistes.)

— ... Que ton oncle Lucien crève la faim toute sa vie avec sa Lucie à la remorque, qu'est-ce que ça peut bien nous faire à nous ?

— Qu'est-ce que ça peut bien nous faire à nous ? reprit Eugène-Marie, sur un ton faussement enjoué, en appuyant sur le *nous* et sans bouger la tête.

— Ton oncle peut bien épouser une traînée, dit Victoria, et ta grand-mère lui donner tous ses bijoux, qu'est-ce que ça peut bien nous faire à nous ?

— Qu'est-ce que ça peut bien nous faire à nous ? reprit Eugène-Marie, sur le même ton et sans bouger davantage.

— Nous savons bien que ton oncle est le chouchou de ta grand-mère. Il a tous les droits, lui. Si ton père se fait recaler à un examen, il reçoit une paire de gifles. Mais chaque fois que ton oncle se retrouve dans le ruisseau, ta grand-mère se saigne aux quatre veines pour lui remettre le pied à l'étrier, qu'elle dit. Mais, au bout du fossé, c'est de nouveau la culbute. Eh bien... *Je m'en moque comme de l'an quarante.*

— *Je m'en moque comme de ma première chemise,* récita Eugène-Marie.

— *Je m'en moque comme du singe à papa,* dit-elle, en précipitant le débit.

— *Je m'en moque comme du bouc à mémé,* répliqua-t-il.

— *Je m'en moque comme du quignon de pain de la reine Elisabeth,* dit-elle sur un ton haletant.

— *Je m'en moque comme du chapeau de paille de l'empereur Ferdinand,* répliqua-t-il sur le même ton.

Il redressa le buste, saisit les poignets de sa mère et ils psalmodièrent ensemble :

— *Dadi dada dadeu, nous deux, rabi raba rabeu, rien que nous deux, babi baba babou, on se fiche de tout.*

(Les dernières répliques et le chœur final reprenaient une autre ritournelle de leurs traditions intimes d'avant « l'âge de raison » d'Eugène-Marie.)

Victoria sourit. Les larmes maintenant séchaient sur son visage. Le garçon l'attira dans ses bras et la serra contre lui. Elle se laissa aller.

— Pour moi, dit-elle, tu seras toujours mon tout-petit.

Il la serra fougueusement.

— Je ne veux plus que tu pleures jamais, dit-il.

Elle le repoussa doucement.

— Relève-toi, dit-elle, tu es trop grand maintenant.

Il se releva brusquement, marcha jusqu'à la porte, revint vers sa mère, mais s'arrêta au milieu de la chambre. Ils se regardèrent silencieusement.

— A quoi penses-tu ? demanda Victoria.

— Je me demande comment on peut être à la fois tout petit et trop grand.

— C'est bien toi, dit-elle, voilà ce que c'est que d'avoir un fils entiché de mathématiques, il met en équations le cœur de sa mère.

— Nous deux égale un seul, dit-il.

— J'aime mieux notre chanson, dit-elle.

— La preuve par neuf que je n'ai pas grandi, c'est que je porte toujours des culottes courtes!

— Tu ne perds pas le nord, dit-elle.

— Un mathématicien doit avoir de la suite dans les idées.

— Si nous allons à ce mariage, on te le fera faire la semaine prochaine, ce costume.

— Tu sais comment je le voudrais : le revers du veston très large, le gilet montant fendu au milieu, avec beaucoup de petits boutons, le pantalon plissé à la ceinture et très étroit par le bas. Un nouveau tailleur vient de s'ouvrir place Drouet-d'Erlon, qui expose dans ses vitrines les derniers modèles de Paris. Ils sont tout à fait comme je viens de te le dire. Le revers du pantalon ne doit pas avoir plus de dix-sept centimètres...

Mais il vit les larmes monter à nouveau dans les yeux de sa mère.

— Je ne veux pas que nous allions à ce mariage, dit-il. Tant pis pour mon costume.

Elle se leva brusquement, marcha jusqu'à la porte, comme il venait de le faire, et revint sur ses pas. Il s'était retourné. Ils se trouvèrent face à face.

— En tout cas, dit-elle, moi, je n'irai pas à ce mariage. Ma conscience me l'interdit. Dans la lettre qu'elle m'a écrite, ta grand-mère précise : « Le mariage aura lieu à la mairie. » Qu'est-ce que cela veut dire ? sinon qu'il n'y aura pas de cérémonie religieuse. J'aurais dû y penser plus tôt ; il était facile de prévoir que ton oncle, qui est socialo, ne voudrait pas aller à l'église. Lucie est déjà sa concubine, depuis je ne sais pas combien de temps (je peux parler de ces choses-là devant toi, tu dois en entendre bien d'autres au lycée), elle restera sa concubine, et rien que sa concubine, ce n'est pas M. le maire, qui est sans doute aussi un socialo, qui y changera rien. Eh bien! moi, je ne veux pas me rendre complice de la légalisation d'un concubinage, il y va du salut de mon âme — et de la leur peut-être.

Elle se tut un instant. Puis:

— Je ne perdrai pas mon âme, s'écria-t-elle, pour faire plaisir à ta grand-mère.

— Bien sûr, dit Eugène-Marie.

— Oh! toi, dit-elle, pas la peine de faire l'hypocrite, je sais ce que tu penses sur la question.

Eugène-Marie resta muet.

— Tu ne protestes pas?

Il secoua la tête.

— Depuis combien d'années n'as-tu pas fait tes Pâques?

— Tu le sais bien, maman.

Elle fit trois pas et se laissa tomber dans le fauteuil.

— Vous vous unissez tous contre moi! dit-elle.

— Je ferai tout ce que tu voudras, dit Eugène-Marie. Je t'accompagnerai même à la messe, si tu l'exiges. Mais ne me demande pas de faire quelque chose qui...

Il s'interrompit.

— Quelque chose qui... Quelque chose quoi? demanda-t-elle. Qu'est-ce que tu veux dire?

— Tu le sais bien, maman.

Elle haussa les épaules.

— Je n'exige rien de toi, dit-elle. Je ne te demande même rien. Je n'oserais pas forcer la conscience de Monsieur! T'ai-je demandé de faire tes Pâques cette année... Réponds-moi!

— Tu ne m'as rien demandé... en paroles.

— En paroles? Qu'est-ce que tu veux dire par là?

— Ce que je dis.

— Je ne t'ai rien demandé, ni en paroles ni autrement. Je me contente de prier pour toi. Voilà ce que je fais.

— Merci, maman, dit-il froidement.

— Entêté, dit-elle... Oh! ce n'est pas de ta faute. C'est

le sang des Favart qui parle en toi. On dit bien : Savoyard cabochard, Savoyard Favart double cabochard. Ton père était aussi entêté que toi. Mais j'ai tellement prié le Bon Dieu pour lui qu'il m'a exaucée, il m'exaucera aussi pour toi.

Eugène-Marie restait debout et muet en face d'elle.

— Le tort que nous avons eu, poursuivit-elle, c'est de te mettre au lycée. Tes camarades et tes professeurs ont une mauvaise influence sur toi, tu les écoutes, tu es si faible, mon pauvre petit. C'est ta grand-mère qui a exigé que nous t'envoyions au lycée, et ton père a dit *amen* comme toujours... Chaque fois que je croise les élèves du Collège Saint-Joseph, avec leur casquette à revers violet, qui est si seyante, je pense que tu aurais pu être parmi eux... Ils se tiennent comme il faut ; ils ne disent pas de grossièretés ; ils n'ont pas le regard effronté de tes camarades de lycée. C'est pénible à avouer, mais, l'autre jour, quand je suis allée te chercher, je me suis sentie gênée de la manière dont tes camarades me dévisageaient. Une femme qui pourrait être leur mère, c'est bien le cas de le dire. J'espère que toi, tu ne dévisages pas les femmes de cette manière ?

Eugène-Marie se tourna vers la fenêtre, écarta le rideau et appuya le front contre le carreau.

— Quand je te pose une question, tu pourrais me répondre. Je suis sûre que les élèves de Saint-Joseph sont plus polis que toi avec leur mère. On ne se contente pas de les instruire, on les éduque...

— Ce sont des petits cons, dit Eugène-Marie, sans quitter la fenêtre.

— Quel mot viens-tu de dire ?

Eugène-Marie se mit à taper des doigts sur le carreau.

— Eugène-Marie !...

La voix de Victoria était devenue aiguë.

— Eugène-Marie ! Je suis sûre que tu ne sais pas ce que tu viens de dire.

Le battement de doigts sur le carreau s'accéléra.

— Tu l'as répété parce que tu l'as entendu, mais je jurerais que tu ne comprends pas le gros mot que tu viens de prononcer. Eugène-Marie, je te parle sérieusement. Dis-moi que tu ignores le sens du mot ignoble que tu viens de prononcer. Ne te bute pas. Il n'y a pas de honte à avouer à ta maman que tu as parlé sans savoir ce que tu disais. C'est de ton âge. Moi, je ne suis pas gênée de le reconnaître, je n'ai appris ce que ça voulait dire qu'après cinq ans de mariage. Et encore, c'est parce que ton père m'a mise en garde, un jour que j'avais ri bêtement, en entendant des charretiers se disputer avec des mots comme ça, que j'avais compris de travers. Et avec quel tact ton père m'a prévenue. Il a rougi en m'expliquant par allusion ce qu'il était bien forcé de m'expliquer. Il ne dit jamais de gros mots, lui. Il a toujours été attentif à ne pas me froisser, à ne pas me blesser, même dans les circonstances les plus délicates de la vie d'une femme...

— Je t'en prie, maman, dit Eugène-Marie.

— Quoi? cria-t-elle. Qu'est-ce que tu crois comprendre?

Elle se dressa, le visage soudain blanc. Elle joignit les mains. Puis, dans un grand cri:

— On m'a sali mon enfant!

Elle se mit à parler, comme à elle-même:

— Moi qui me ronge les sangs, quand il est de dix minutes en retard pour rentrer du lycée, parce que j'ai peur qu'il s'attarde avec de mauvais garçons, qui lui enseigneraient des choses ignobles. Moi qui sue d'anxiété, quand son père m'oblige à le laisser aller au cinéma, parce que je sais bien que les mauvaises pensées naissent dans la foule et dans le noir. Moi qui ai eu la migraine pendant huit jours, quand il a fallu, Dieu sait pourquoi, le laisser passer tout un dimanche chez un camarade dont la mère est peinte comme une grue et s'amuse sûrement à troubler

les jeunes garçons. Moi qui aurais voulu le tenir perpétuellement enfermé près de moi, pour que ses yeux ne
voient jamais rien de laid, que ses oreilles n'entendent
jamais rien de vil. Moi qui ai remercié Dieu d'avoir
préservé la pureté de son cœur. Il boudait la sainte table ;
j'aurais dû me demander pourquoi il avait honte d'approcher Notre-Seigneur ; mais je me disais : c'est une gamine-
rie d'étudiant, qui se grise du plaisir de raisonner de tout ;
ça lui passera avec le premier chagrin qui lui fera
comprendre combien la raison est faible quand le cœur
souffre. Mais j'aurais juré sur sa propre tête, qui est ce que
j'ai de plus cher au monde, qu'il n'avait jamais eu une
pensée impure... Et le voilà qui pianote sur le carreau,
tandis que mon cœur de mère se fond de douleur et
d'humiliation. Pour me rendre la vie, il suffirait qu'il me
dise : « Tu te trompes, ma maman, je ne suis pas un
homme, je joue seulement à l'homme. » Mais il ne dit
rien. Il est un homme. Il n'a plus besoin de moi. La seule
chose qu'il attende encore de moi, c'est que je lui achète
un costume à pantalon long, afin que plus rien ne le
distingue des hommes qui jettent de sales regards sur les
femmes dans la rue. Il ne proteste pas. Même ces
hommes, qu'il met son orgueil à imiter, s'attendriraient à
entendre les supplications d'une mère. Mais il garde le
même visage fermé que la Favart. Le même regard dur.
La même bouche mauvaise...

Elle resta un long moment silencieuse. Elle ne bougeait
pas. Et lui aussi restait immobile, le front contre le
carreau. Des camions passèrent sur l'avenue de Laon. Et
puis les voitures de l'administration des régions libérées,
des Ford T, avec les lettres RL en blanc sur la carrosserie
grise. Il les suivit des yeux. Il se sentait les jambes battues,
comme après une longue course à vélo.

— Le mariage, je m'en moque, dit Victoria. Ce qui me
met hors de moi, c'est qu'elle veut m'obliger à assister à

ça, à sourire à des gens qui se moqueront de moi, parce que leurs plaisanteries ignobles me soulèvent le cœur. Ce qu'elle veut, c'est m'abaisser. Elle me surveillera du coin de l'œil, pendant que je remuerai les lèvres pour faire croire que je chante avec eux leurs chansons d'ivrognes. Elle clignera de l'œil à ses voisins, quand ton père rougira parce qu'on a dit un gros mot devant moi. Elle te forcera à boire, toi qui n'as jamais bu chez nous que de l'eau rougie. Et quand tu seras ivre, elle dira : « Bravo! il a quelque chose dans le ventre, il est de mon sang. » La seule chose qu'elle aime, c'est nous salir...

Elle se tut. Puis, comme saisie d'une pensée soudaine :

— ... Si nous allons à Paris pour ce mariage, où coucherons-nous? A ton père et à moi, elle donnera comme d'habitude la chambre verte. Mais la chambre jaune, où tu couchais la dernière fois, sera certainement réservée à son beau-frère Servoz, qui ne peut pas ne pas venir de Savoie pour le mariage; et c'est normal, vu son âge, de lui donner la meilleure chambre après la nôtre. Mais toi? où dormiras-tu? La chambre verte est trop petite pour qu'on y place un second lit. Je vois, elle va vouloir que tu dormes dans la chambre de bonne du cinquième, dans la chambre où ton oncle Lucien recevait sa Lucie...

Elle haussa le ton :

— ... Elle va exiger que tu dormes dans le lit où ils faisaient leurs cochonneries!

Elle crispa ses doigts sur le dossier du fauteuil :

— Je ne veux pas, cria-t-elle, je ne veux pas...

Eugène-Marie fit les cinq enjambées qui le séparaient de la porte, et l'ouvrit. Victoria se tut net. Eugène-Marie avait déjà gagné le palier.

— Eugène-Marie, appela-t-elle doucement.

Mais il descendit l'escalier, alla chercher sa serviette d'écolier restée posée sur le cadre de son vélo, et entra dans le bureau de son père.

IV

Michel Favart, en blouse blanche tachée d'encres de couleur, se tenait debout devant sa table à dessin à planche mobile, qu'il avait fait fabriquer par un artisan, sur ses indications. Il ne dessinait pas. Il lisait les *Sept Lampes de l'Architecture,* de Ruskin, dont un tome in-4 était ouvert devant lui.

Il dessinait rarement, mais il se tenait presque toujours devant la table à dessin, qu'il préférait au bureau de noyer à tapis vert, orné d'un encrier de cuivre massif.

Quand son fils entra :

— Ça va ? demanda-t-il sans lever la tête.

— Ça va, répondit Eugène-Marie, en posant sa serviette de lycéen sur la *table d'Eugène-Marie,* dans le coin, entre la bibliothèque et le *casier d'Eugène-Marie.*

Il étala ses cahiers sur la table. Son père alla à la bibliothèque pour chercher dans l'*Histoire de l'Architecture médiévale* un croquis qui devait, dans sa pensée, illustrer et justifier un aphorisme de Ruskin. En passant près du garçon :

— Qu'est-ce que tu as comme devoirs, aujourd'hui ?

— Un problème de géométrie, une version latine.

— Par quoi commences-tu ?

— Par la géométrie.

— Si j'étais toi, dit Michel Favart, je commencerais par le latin. Je m'en débarrasserais tout de suite.

— Comme tu voudras, dit Eugène-Marie.

— C'est un simple conseil, dit le père. Tu organises ton travail comme tu le juges bon...

Il hésita un instant, puis ajouta :

— ... Mais si tu termines par le problème, je pourrai t'aider, et nous aurons tout le temps devant nous...

Son père aimait les mathématiques autant que lui ; tout prétexte était bon pour « s'y remettre un peu », et ils allaient chaque fois bien au-delà du problème.

— D'accord, dit Eugène-Marie, et il leva la tête en souriant.

Il plaça le texte de la version à sa gauche, le dictionnaire latin-français à sa droite, et une feuille de papier brouillon devant lui, sur un cahier ouvert.

Il voyait le visage de son père en face de lui, de profil.

Michel Favart porte des binocles à verres ovales. Comme il est extrêmement myope, les verres de ses binocles, telles de grosses loupes, sont très épais en leur centre et vont en s'amincissant vers le bord.

Les lunettes à monture d'écaille, comme on commença à en porter en France quelques années plus tard, reposent sur la base du nez et dissimulent les rides de l'espace intersourcilier ; le front, sans rides à la base du nez, évoque la sérénité d'une personnalité qui n'a jamais eu à froncer les sourcils, parce qu'elle triomphe, comme en se jouant, de l'adversité. Les verres ronds inscrivent au centre du visage deux larges cercles, dont la monture souligne l'importance ; le rond, le cercle, la forme achevée par excellence, le double cercle analogue au zéro jumelé qui, en mathématiques, symbolise l'infini, suggère l'idée du triomphe total, parfait, qu'il est impossible de remettre en question. La lunette d'écaille à verres ronds exprima l'optimisme triomphant des businessmen américains, au lendemain de la première guerre mondiale, et fut adoptée en France, après 1925, par les jeunes gens qui brûlaient de suivre leurs traces ; c'étaient les mêmes qui s'entraînaient devant leur miroir à carrer la mâchoire. Mais la crise de 1929 survint. Et les businessmen commencèrent à cacher leur honte et leur myopie derrière des verres nus, toujours plus minces, et il paraît qu'aujourd'hui on fabrique des verres tout à fait invisibles, qui s'ajustent sur la cornée, dont ils épousent la forme.

Mais les binocles de Michel Favart, maintenus sur le nez par une pince d'or à ressort d'acier, obligent les muscles intersourciliers à se contracter. Ils creusent les rides perpendiculaires du front au lieu de les dissimuler, ce qui suggère une personnalité marquée par l'habitude de la concentration et de l'esprit critique. Le verre ovale à gros foyer efface les yeux derrière un voile, une nuée, et suggère un regard qui, tantôt est *tourné vers l'intérieur,* tantôt *perdu dans les nuages* et tantôt *examine les choses de haut.* La myopie et les binocles caractérisaient à cette époque les professions libérales ; ils étaient l'apanage des intellectuels, dont les épouses disaient fièrement : *il ne sait rien faire de ses mains, il ne faut pas lui en vouloir ; il vit dans la lune.*

Mais quand Michel Favart ôte ses binocles, comme en ce moment, parce qu'il doit en essuyer la buée, son visage change d'expression. Les rides, qui sont nombreuses mais peu profondes, n'expriment plus la concentration ni la souffrance, mais une incomplétude, comme si la peau s'était contractée sur un visage qui n'a jamais atteint les dimensions assignées à son épanouissement. Le regard est doux. « Papa est-il doux ? » se demande Eugène-Marie. « Il est doux, quand on le laisse dans son bureau, faire tranquillement ce qui lui plaît. » Le regard est calme et attentif. « Quand papa ne porte pas de binocles, pense Eugène-Marie, on croirait un ouvrier. Mais pas n'importe quel ouvrier. Pas un de ces ouvriers qui travaillent le fer, le roc ou le feu. Il n'a rien de commun avec les métallurgistes des aciéries que nous avons visitées dans les

Ardennes, ni avec les terrassiers, ni même avec les maçons. On croirait plutôt un menuisier. » Eugène-Marie voit son père, dans sa blouse blanche, debout parmi les copeaux, devant un établi, le rabot à la main. « Mon père, conclut-il, quand il ôte ses binocles, ressemble à un menuisier, qui travaillerait des bois tendres, avec des outils qui ne coupent pas. » « Sans binocles, pense-t-il encore, mon père a l'air bon, est-il bon ?... »

Michel Favart remit ses binocles et redevint ingénieur.

« ... Il n'est pas bon, il est faible. Il avait dix-neuf ans quand sa mère l'a giflé et il a accepté la gifle. Moi, je n'ai pas encore seize ans, et je n'accepterais d'être giflé par personne. »

Eugène-Marie s'obligea à imaginer le claquement d'une main sur sa joue. Quelque chose s'émut aussitôt au creux de sa poitrine : ce fut comme si un animal se retournait, et aussitôt la tête de l'animal fut dans sa gorge et le mordit cruellement, à l'intérieur. Cela lui coupa le souffle. Dans le même instant, son front devint brûlant, ses poings se fermèrent, et il se souleva à demi sur sa chaise.

— Qu'est-ce qu'il t'arrive ? demanda son père.

— Rien, dit-il.

Il se rassit.

— Tu deviens nerveux depuis quelque temps.

— C'est cette version qui m'agace.

— J'admets que le latin t'agace. Mais il faudrait que tu arrives à te discipliner...

— C'est aussi cette scène avec maman.

— Ta mère, commença Michel Favart...

Mais il ne poursuivit pas et se pencha de nouveau sur les *Sept Lampes de l'Architecture.*

« Mes poings cherchaient quelque chose à frapper, se dit Eugène-Marie, à marteler, à défoncer, à écraser... » Du coup, ses poings se referment. « Plus que cela encore. Mes poings voulaient pénétrer, fouiller, faire saigner. C'est cela... »

Il écrivit en travers de son papier brouillon:

Une gifle exige du sang.

Les répliques du *Cid* lui revinrent en mémoire. Il
écrivit:

> *— Rodrigue, as-tu du cœur?*
> *— Tout autre que mon père l'éprouverait sur l'heure.*

Les textes français qu'on étudie au lycée l'ennuyaient
autant que le latin. La prière d'Esther, le songe d'Athalie,
Mme de Sévigné: « Je vais vous mander ma fille... »,
Victor Hugo: « Elle était pâle et pourtant rose », il faut
connaître tout cela, bien sûr, savoir à quelle date ce fut
écrit et « quels sentiments inspirèrent l'auteur »; de
même qu'il faut se lever quand on entend la *Marseillaise* et
venir saluer dans la salle à manger, quand par extra-
ordinaire Victoria Favart reçoit quelqu'un. Mais toutes
ces histoires de famille ne l'avaient jamais réellement
intéressé. Tandis que Corneille lui faisait battre le cœur,
et il s'imaginait volontiers sous les traits du Cid, du
troisième des Horaces, celui qui vainquit, ou même de
Polyeucte, quoiqu'il trouvât absurde de mourir pour des
raisons empruntées au catéchisme, mais il aimait le geste
de renverser les idoles et de défier le sénat romain.

« ... Bien sûr, pensait Eugène-Marie, papa ne pouvait
pas tuer sa mère. Mais il devait partir en claquant la porte
et ne plus jamais revenir. C'est ce que j'aurais fait. A
dix-neuf ans on est un homme. C'est ce que je ferais même
aujourd'hui... »

Il écrivit sur le papier brouillon:

Moi j'ai du cœur.

Puis il releva la tête et regarda sévèrement son père:
« Mon père serait-il un lâche? »

Il s'était posé la question, pour la première fois, deux ans plus tôt, à l'occasion de l'affaire Poupinel. Voilà ce qui s'était passé :

Quand il avait ouvert son bureau d'ingénieur-conseil, à Reims, en avril 1919, Michel Favart avait engagé un employé, un dessinateur, qu'il avait fait venir de Savoie, conformément aux traditions savoyardes, toujours en usage, qui exigent que les émigrants qui font carrière en ville recrutent leur personnel parmi les *pays* qui attendent leur tour d'émigrer. Poupinel se trouvait d'ailleurs être un lointain cousin, trop lointain pour qu'on l'appelât mon cousin, mais tout de même suffisamment lié à la famille pour qu'on l'invitât à déjeuner, dès le premier dimanche après son arrivée. Inviter à la maison quelqu'un d'étranger à la famille exigeait qu'on pesât le pour et le contre, au cours d'un débat qui se prolongeait pendant plusieurs jours, commençant chaque soir autour de la table familiale et se poursuivant dans la chambre conjugale.

Le jeune Savoyard s'était rapidement *fait des relations*. Plus tard on trouva louche la facilité avec laquelle il s'était *fait des relations*. Mais, sur le moment, on l'admira plutôt ; c'est qu'il amena une affaire à Michel Favart : un projet de reconstruction de bâtiments militaires dans le camp de Mourmelon. Le patron et l'employé décidèrent qu'ils en partageraient les honoraires, deux tiers, un tiers. Comme Poupinel faisait un peu partie de la famille, il ne demanda pas que l'accord fût entériné par un engagement écrit, et on ne le lui proposa pas. Mais on dit à la maison : *L'affaire à Poupinel, Papa est allé à Mourmelon pour l'affaire à Poupinel. Quand on touchera l'affaire à Poupinel.*

Au printemps suivant, l'*affaire à Poupinel* se révéla beaucoup plus fructueuse qu'on ne l'avait d'abord espéré. Mais, contrairement à ce qui eût paru logique, la popularité de Poupinel baissa de jour en jour. Il avait acheté une canne en bambou, le dernier cri en matière de canne :

« Un gandin, un dandy, avait dit Victoria, il se croit sorti de la cuisse de Jupiter. Il ne faudrait tout de même pas qu'il oublie que si nous n'étions pas allés le pêcher dans sa cambrousse, il serait encore en train de garder les vaches de son papa. » Puis Poupinel se mit à fumer des cigarettes à bout doré : « On ne se refuse rien, disait Victoria. Evidemment, il gagne son argent facilement. Papa fait tout le travail. Poupinel ne l'aide pas davantage que n'importe quel employé que nous aurions pu trouver à l'Office du travail et que nous payerions trois cents francs par mois. Mais papa se croit obligé de partager les bénéfices avec lui. »

Au début, Michel Favart avait défendu Poupinel. Mais un jour, en rentrant du lycée, Eugène-Marie trouva un nouvel employé, assis devant la table à dessin, sur le tabouret de Poupinel. Ce fut Victoria qui lui expliqua que : « Papa a été obligé de se débarrasser de Poupinel. Il ne pouvait pas garder éternellement un employé, dont il était obligé de refaire le travail et qui avait des exigences exorbitantes. — Mais, fit observer Eugène-Marie, c'est Poupinel qui a amené l'*affaire à Poupinel*. — Tais-toi, répliqua Victoria, n'essaie pas de mettre ta jugeote dans des choses auxquelles on ne comprend rien à ton âge. »

Un an plus tard, Michel Favart et sa famille furent invités au banquet inaugural de l'Association des Savoyards de Reims. Victoria refusa d'y accompagner son mari, mais insista pour qu'il y participât : « Il le faut, tu y rencontreras des gens, nous ne sortons jamais et aujourd'hui on ne peut pas arriver sans relations. » Il fut entendu qu'Eugène-Marie irait avec son père jusqu'à l'Hôtel Continental où avait lieu le banquet : « Tu le présenteras à tes pays, il n'est pas mauvais qu'on sache que tu as un grand fils qui fait ses études », mais qu'il rentrerait à la maison avant que ne commençât le dîner. « Il a déjà l'air plus savoyard que nature », ajouta tristement Victoria.

Traboulaz, président des Savoyards de Reims, accueillit les deux Favart dans le hall de l'Hôtel Continental.

— Mon fils, présenta Michel Favart.

— Regardez le fils Favart, cria Traboulaz, il est déjà aussi grand que son père et bien plus trapu que lui... et taillé comme les gens de Bonneville : si je l'avais rencontré dans la rue, j'aurais pensé : c'est un Favart...

Traboulaz, ouvrier maçon à Bonneville (Haute-Savoie) avant 1914, sergent dans les chasseurs alpins pendant la guerre, arrivé à Reims en 1919, avec sa prime de démobilisation pour tout capital, gagnait maintenant des millions dans la récupération. Toute l'affaire reposait sur les pots-de-vin donnés aux agents de l'administration chargés d'expertiser les ruines. Traboulaz avait eu l'intelligence de calculer qu'il ne faut pas lésiner sur les pots-de-vin. Il disait volontiers : « Les pots-de-vin, c'est de l'argent placé à mille pour cent ; donc, plus j'arrive à faire accepter de gros pots-de-vin, plus je gagne d'argent. La seule difficulté, c'est que ces corniauds de fonctionnaires prennent peur quand je leur offre trop gros. » Son coup de génie avait été d'inventer une sorte de contre-assurance pour experts concussionnaires : tout le monde savait qu'un agent technique, licencié pour avoir trop effrontément sous-estimé les ruines vendues à Traboulaz, était immédiatement engagé par lui comme chef de chantier, avec appointements doubles.

— Viens prendre un verre, dit Traboulaz à Favart, on m'a beaucoup parlé de toi ces temps derniers...

Les deux Favart le suivirent au bar :

— Qu'est-ce que tu bois ? demanda Traboulaz. Moi, je prends un Pernod.

— Je prendrai un Dubonnet, dit Michel Favart.

— Bien tassé ! dit Traboulaz au garçon qui servait le Pernod.

Michel Favart arrêta d'un geste le garçon, avant que son verre soit complètement rempli de Dubonnet.

« Traboulaz, se dit Eugène-Marie, doit penser que papa est quelque chose dans le genre d'un corniaud de fonctionnaire. »

— Et le fiston ? demanda Traboulaz, qu'est-ce qu'il boit ?

« Pas de Dubonnet, pas de Dubonnet, pensa Eugène-Marie, je ne suis pas un corniaud. Un Pernod, comme les hommes. Si je commande un Pernod, papa n'osera peut-être pas protester. Ce n'est pas sûr. Peut-être dira-t-il : "Le petit ne sait pas ce qu'il demande, il ne boit jamais que de l'eau rougie, il n'a jamais pris d'apéritif, il sera malade. Une grenadine pour lui." Traboulaz pensera que je suis un corniaud. »

— Alors, fiston ? insista Traboulaz.

— Il n'a pas encore l'âge... commença Michel Favart.

— Un Pernod, dit fermement Eugène-Marie.

— Bravo ! dit Traboulaz. Tu me plais, mon gars...

A cet instant survint Poupinel.

— Je crois que vous vous connaissez, dit Traboulaz, en surveillant le visage de Michel Favart, qui devint blanc.

C'était toujours ainsi : chaque fois qu'il éprouvait une émotion, le père d'Eugène-Marie pâlissait ou rougissait, c'était selon, cet homme n'avait pas le contrôle de son sang.

— Ne faites pas cette tête, dit Poupinel. Je ne vous en veux pas...

Il tendit la main.

— ... Je crois même que vous m'avez rendu service... Garçon, un Pernod... Je n'étais pas fait pour travailler dans les bureaux. Après que vous m'avez balancé...

Traboulaz donna un coup de coude dans les côtes de Favart :

— Je ne te croyais pas si brigand, dit-il avec un gros rire... Sainte Nitouche, va ! Avec tes airs de premier communiant, si tu avais été expert en ruines, j'aurais mis des gants pour t'offrir un pot-de-vin. Si tu osais, tu serais aussi crapule que moi...

— Je ne suis pas resté longtemps sur le sable, reprit Poupinel. Traboulaz m'a engagé comme surveillant de travaux...

— Les Savoyards sont faits pour courir les chantiers, dit Traboulaz. Ça leur réussit mieux que de gratter le papier.

— Traboulaz, dit Poupinel, vient de me nommer directeur de l'entreprise de récupération qu'il ouvre à Mézières-Charleville. Avec participation aux bénéfices...

— Mes félicitations, dit Michel Favart. Je vous félicite bien sincèrement...

— Il touchera sa part, dit Traboulaz, moi je tiens toujours ma parole. Crois-moi, Favart, tenir sa parole et donner des pots-de-vin, voilà les deux placements qui rapportent le plus...

— C'est ma tournée, dit Poupinel.

— Un Pernod, dit Traboulaz.

— Et vous? demanda Poupinel à Favart.

— Moi, dit Favart, moi? Ah! oui, non, merci, plus rien. Vous savez, je ne vais jamais au café...

— On sait, dit Traboulaz, tu es un homme d'intérieur.

— Mme Favart ne serait pas contente, dit Poupinel.

Les deux hommes rirent. Ils étaient venus directement des chantiers, en bottes et vestes de sport à soufflets. Leur rire robuste retentissait dans Eugène-Marie, comme les échos d'un énorme orage. Son père portait pantalon noir à rayures blanches, veston noir, faux col empesé, cravate à système ; il s'efforçait de rire, et cela n'avait pour résultat que de secouer son binocle sur son nez.

— Pour moi, dit Eugène-Marie, auquel on n'avait rien demandé, ce sera un Pernod.

Son père n'entendit pas, ou fit semblant de ne pas entendre.

— Au fond, disait-il à Poupinel, somme toute, en somme, ça vous servira quand même d'avoir appris le dessin...

Eugène-Marie trinqua avec les hommes, avala son Pernod d'un trait.

— Adieu! dit-il, on m'attend...

Il rentra à pied à la maison. De temps en temps il s'arrêtait, fermait les yeux, et une sorte de balançoire à rotation complète tournait derrière son front, restait longtemps suspendue au sommet de la trajectoire, puis se précipitait avec une accélération dont l'effet lui serrait l'estomac et lui coupait le souffle. C'était la première fois de sa vie qu'il avait bu un apéritif anisé. Il s'efforçait d'analyser les effets de l'ivresse, évitant ainsi de penser aux événements qui venaient de se dérouler à l'Hôtel Continental. Il compara l'interminable, angoissant et merveilleux moment de suspension de la balançoire au sommet de la trajectoire à l'extase mystique, telle qu'elle est décrite, dans la septième demeure du *Château intérieur* de sainte Thérèse d'Avila, qu'il avait lu deux ans plus tôt, juste avant qu'il ne perdît la foi. « J'ai donc raison d'être matérialiste », conclut-il.

Aujourd'hui qu'il vient de se remémorer tout cela, tout en regardant son père qui prend des notes sur un petit cahier posé sur la table à dessin, il ajoute aux phrases écrites sur le papier brouillon :

Le plus important est de rester lucide et de voir clair en soi-même. Par exemple, ne pas inventer Dieu pour expliquer les effets de l'alcool.

Puis il plie le papier brouillon en deux et le cache dans le dictionnaire latin-français. Il ferme le cahier, où il n'a rien écrit, et va ranger le dictionnaire et le cahier dans le *casier d'Eugène-Marie.*

— J'ai fini ma version, dit-il.

Son père soulève le livre qui est ouvert à côté du gros Ruskin. Eugène-Marie reconnaît tout de suite la *Saison en Enfer,* que lui a prêtée son professeur de mathématiques, qui prétend que la poésie est aussi divertissante que la géométrie.

— Excuse-moi, dit le père. Je ne fouille pas dans tes affaires. Mais tu avais laissé traîner ce livre sur ta table ; je pense que c'est un camarade qui te l'a prêté. La couverture m'a attiré l'œil : une édition du Mercure de France, « Vers et Prose » ; j'ai été surpris, je ne suis pas habitué à te voir lire des vers.

Il pose le livre sur la table d'Eugène-Marie.

— Je ne connaissais pas ce poète, dit-il, j'ai recopié quelques passages.

Michel Favart prend le cahier posé sur la table à dessin. « C'était donc cela qu'il écrivait », pense Eugène-Marie. Le père lit :

> *Oisive jeunesse*
> *A tout asservie,*
> *Par délicatesse*
> *J'ai perdu ma vie.*

Eugène-Marie répond :

> *Ah! que le temps vienne*
> *Où les cœurs s'éprennent!*

Le père reprend :

> *Je me suis dit: Laisse,*
> *Et qu'on ne te voie.*
> *Et sans la promesse*
> *De plus hautes joies...*

Eugène-Marie achève :

Que rien ne t'arrête,
Auguste retraite

— Je suis content de te voir mordre à la poésie, dit Michel Favart.

— Je ne mords à rien, murmure Eugène-Marie.

— C'était façon de parler...

Michel Favart retire ses binocles, les essuie, les approche de ses yeux pour voir s'il ne reste plus de buée.

— On prend de curieuses façons de parler, continue-t-il. *Mordre à la poésie...* Les années passent et on s'aperçoit tout d'un coup qu'on ne dit plus que des platitudes...

Il remet ses binocles et regarde son fils. Eugène-Marie récite :

Le mieux est de quitter bien vite ce continent pourri. Nager, broyer l'herbe, chasser, fumer surtout ; boire des liqueurs fortes comme du métal bouillant — comme faisaient ces chers ancêtres autour des feux... Les femmes soignent ces féroces infirmes retour des pays chauds.

— Quelquefois, dit Michel Favart, je me demande ce que tu penses de moi.

— Je ne m'ennuie jamais avec toi, répond Eugène-Marie, surtout quand nous faisons des mathématiques ensemble.

Michel Favart vint s'asseoir près de son fils, et ils résolurent ensemble le problème de géométrie, d'abord par la méthode géométrique, ensuite par l'analyse, à laquelle l'ancien *taupin* avait commencé d'initier le lycéen. Ils y prirent beaucoup de plaisir l'un et l'autre.

— Michel ! cria Victoria, depuis la cuisine.

— Je viens, cria Michel Favart.

Il se leva.

— Quand je serai *taupin*... dit Eugène-Marie.

— Tu changeras peut-être d'idée.

— Non.

— Moi, dit le père, reprenant un thème habituel de leurs conversations, je te verrais plutôt à Normale. Un professeur a une carrière assurée ; et tu aurais tes vacances pour faire des mathématiques pures... ou de la poésie, selon que le cœur t'en dira.

— Je ne veux pas être fonctionnaire, dit Eugène-Marie.

— Tu feras ce que tu voudras...

— Michel, cria de nouveau Victoria.

Michel Favart se dirigea vers la porte :

— J'aurais tant aimé, dit-il encore, pouvoir te tenir à l'abri des batailles de la vie...

Il sortit.

Eugène-Marie chercha dans le dictionnaire latin-français le chapitre où il venait de noter ses réflexions sur le cœur de l'homme. Il le déchira et jeta les morceaux dans la corbeille à papier.

V

Seul dans le bureau, entre la fin des devoirs et le repas du soir, pour Eugène-Marie, c'est la belle heure.

Toute la cloison mitoyenne à la salle à manger, à l'opposé de la grande baie vitrée qui ouvre sur l'avenue de Laon, est occupée par une bibliothèque dessinée par son père et exécutée par l'ébéniste en renom de Reims. C'est un meuble massif, de bois sombre, dans un style qui évoque la Renaissance, mais moins orné, avec deux grandes portes à vitraux clairs et une porte centrale de bois sculpté, plus étroite.

Les bibliothèques des pères de la plupart des camarades d'Eugène-Marie sont des meubles de parade, placés dans le salon. On aperçoit derrière les vitres les œuvres complètes de Victor Hugo, reliées rouge et or, l'*Histoire de France* d'Henri Martin, les romans d'Anatole France, de Pierre Loti et de Paul Bourget ; sur les rayons d'en dessous, mais cachés par la partie en bois plein de la porte, les livres qu'on lit, mais qui ne font pas partie de la parade : *Le Crime du Bouif,* de La Fouchardière ; *La Garçonne,* de Victor Margueritte ; *Les Transatlantiques,* d'Abel Hermant. La bibliothèque de Michel Favart, au contraire, est à la fois instrument de travail et luxe des loisirs. Dans les professions libérales, l'activité rémunératrice est étroitement liée à l'exercice désintéressé de la pensée. Derrière le vitrail de droite, les ouvrages techniques ; derrière le vitrail de gauche, les œuvres littéraires. Peu d'auteurs contemporains y ont accès, « car, dit Michel

Favart, il faut attendre qu'un écrivain soit mort pour savoir si son œuvre a une chance de durer ». Sur le rayon qui lui est réservé, la poésie s'arrête (dans le temps) à Baudelaire et Leconte de Lisle, que Verlaine a rejoints tout récemment, sous l'aspect de *Sagesse*.

Le bureau de son père est réconfortant, voilà ce qu'Eugène-Marie ressent à présent. Ce n'est pas un bureau avec des classeurs de métal, des annuaires en pile sur la cheminée et des calendriers publicitaires accrochés aux murs, comme par exemple le bureau du père de son camarade Sidaine, le marchand de matériaux de construction. Ici, les murs sont ornés avec des plans du XVIIe siècle, l'un de la ville de Reims et deux de Paris, avec des bateaux sur la Seine et des arbres, toute une forêt, entre Passy et Chaillot. C'est le bureau d'un homme dont le métier n'est ni de fabriquer, ni de vendre, ni d'acheter, qui n'est pas dans les affaires, mais qui n'a quand même pas de patron, qui est à son compte, comme on dit, qui ne touche ni salaire, ni appointements, ni commissions, ni gratifications, mais des honoraires ; tel est le privilège des professions libérales. Pour Eugène-Marie, son père se trouve, par rapport aux pères de la plupart de ses camarades, dans une position analogue à celle des lycéens qui font du latin et du grec par rapport à ceux de la section moderne. Ce n'est pas qu'Eugène-Marie aime le latin, et il n'a fait du grec que pendant deux ans, mais il se sent flatté d'appartenir à l'élite. Il ne se rendra compte que beaucoup plus tard qu'il obéit ainsi à un sentiment du même ordre que celui qui a poussé sa mère à installer dans la maison un piano que personne n'utilise.

Michel Favart empile depuis des années dans les vastes tiroirs de sa monumentale bibliothèque les vieilles revues, les brochures, les guides de voyage, les rouleaux de plans, les liasses de vieux papiers.

Un jour, Eugène-Marie découvrit, sous les bleus d'un ancien plan directeur, une écharpe jaune ornée de figures géométriques, qu'il examina longuement ; se rappelant de vieilles lectures, il décida qu'il se trouvait en présence d'un insigne maçonnique.

« Papa aurait-il été franc-maçon ? » Ce n'était pas impossible. Saint Thomas d'Aquin, Péguy, les revues dominicaines, qui occupaient maintenant tout un rayon de la bibliothèque, n'étaient apparus dans la maison que depuis deux ou trois ans. Avant la guerre, Michel Favart n'accompagnait jamais sa femme à la messe. Eugène-Marie, après sa découverte, se promit de demander à son père des explications sur l'écharpe jaune. Puis il y renonça. Il lui paraissait aller de soi qu'il est humiliant, non pas d'avoir été franc-maçon, mais de s'être laissé convaincre par sa femme de trahir la franc-maçonnerie, et il détestait humilier son père.

Aujourd'hui d'ailleurs, dans ce moment précis, entre devoirs et dîner, après ce merveilleux jeu de la géométrie et de l'analyse, la trahison de son père ne tracasse pas outre mesure l'adolescent. Il se sent plein de bienveillance envers le monde et envers soi-même. Même la présence sur sa table, déposée par une main invisible, de la dominicaine *Revue des Jeunes,* dont l'abonnement a été fait à son intention, il le sait bien, même cette nouvelle sournoiserie, il appelle cela ainsi, ne l'irrite pas. Il est plutôt porté à envisager qu'il existe, entre les convictions nouvelles de son père, appuyées sur la lecture des Pères de l'Eglise, et la dévotion de sa mère, une différence du même ordre que celle qui place, dans son esprit, les professions libérales au-dessus des professions industrielles ou mercantiles. Evidemment, il a vu son père s'agenouiller sur une dalle de pierre, devant une statue de la Vierge, et il s'en est senti humilié ; mais il pense aussi que c'est peut-être la seule manière que cet homme, qui ne quitte jamais ses binocles, n'est jamais monté sur un vélo, qui ne va pas au café, qui ne regarde pas la poitrine des femmes et qui ne sait pas parler aux hommes, la seule manière qu'il ait trouvée de faire enfin un geste simple. Aucun rapport avec sa mère agenouillée pendant la messe sur un prie-Dieu marqué d'une plaque de cuivre gravée à leur nom.

Béatrice avait fait sa première communion l'année précédente, à l'église Saint-Thomas de Reims. L'après-midi, au cours de la cérémonie de la bénédiction, au moment où tous les fidèles s'agenouillaient, ou tout au moins baissaient la tête, les uns par dévotion, les autres par politesse ou par timidité, un vieillard à grandes moustaches blanches, le grand-père ou l'oncle de l'une des communiantes, était soudain sorti du rang de chaises de la famille, tout à fait en haut de la nef, près de l'autel, en disant à voix haute : « Ah ! non, ça, je ne peux pas, je ne peux vraiment pas », et, pour gagner la sortie, il avait suivi de bout en bout toute l'allée centrale, qu'il avait parcourue à grandes enjambées, d'un pas lourd qui résonnait sur les dalles, tandis que tous les visages se tournaient vers lui et que plusieurs femmes faisaient « Oh ! » avec indignation ; mais il n'avait pas rougi.

Eugène-Marie l'avait admiré d'avoir eu le courage de crier publiquement « non ». Mais eût-il aimé que son père fût l'auteur du scandale ? Il ne l'avait pas pensé. L'anticléricalisme militant lui paraissait appartenir au même ordre d'activité que les réunions électorales, la lecture des journaux politiques et les discours de distribution de prix ; son père n'avait jamais voté, et Eugène-Marie trouvait cela tout naturel. Il ne comprendra que beaucoup plus tard, que le mépris de la politique aussi relevait du sentiment qui s'exprimait par ailleurs dans le piano de sa mère et dans sa propre gloriole d'avoir un père qui pratiquait une profession libérale.

A huit heures, la sirène de la fabrique de briques de

l'avenue de Laon siffla la fin du travail de la deuxième
équipe de jour. Eugène-Marie alla se placer derrière la
baie vitrée et écarta un peu le rideau de tulle.

Les ouvrières commencèrent à passer. Elles portaient,
ce printemps-là, par-dessus leurs caracos, des châles de
laine, de couleurs vives, en forme de rectangle allongé,
terminés par des franges, qu'elles drapaient comme des
capes sur leurs épaules. Elles allaient bras dessus, bras
dessous, par rangs de cinq ou six, et quelquefois de dix,
douze ou quinze, qui tenaient alors toute la largeur de
l'avenue ; les voitures se rangeaient pour leur faire place,
et elles lançaient au passage des plaisanteries aux chauffeurs.

Eugène-Marie entrouvrit la fenêtre, pour entendre
leurs voix grasses. Sa mère affirmait que si elles étaient
toujours enrouées, c'était à cause des alcools qu'elles
buvaient dans les bistrots du voisinage. Mais comme,
même au cœur de l'hiver, qui est rude en Champagne,
elles ne portaient en guise de manteaux que ces mêmes
châles, dont leurs mains relevaient alors un pan à hauteur
du menton, et cela formait un second drapé, superposé au
drapé des épaules, il est plus vraisemblable qu'elles souffraient d'une laryngite chronique, dont les effets se prolongeaient jusqu'au cœur de l'été. Pour tout le reste de la
vie d'Eugène-Marie, l'idée de sensualité restera liée aux
voix basses.

Il n'avait jamais approché de femme. Il y pensait énormément. L'idée de sa main sur une poitrine ou sur un
ventre de femme suffisait à provoquer en lui une angoisse
qui vidait ses jambes de sang et les faisait fléchir. Cela
avait commencé au cours de sa treizième année et ne lui
laissait plus de repos. Il lui arrivait de penser que s'il
parvenait un jour à se trouver nu à nue dans un lit avec une
femme consentante, il n'aurait désormais rien de plus à
demander à la vie. Un de ses rêves éveillé : c'est la guerre,

il est couché dans un pré, au milieu d'arbres déchiquetés, au creux d'une vaste plaine de craie creusée d'entonnoirs d'obus, et il sait de façon certaine qu'il sera tué le lendemain matin ; mais il est prodigieusement heureux, parce qu'il y a une fille enveloppée dans la même toile de tente que lui, et qu'il a le droit de la toucher tant qu'il veut.

Un jour, il s'est groupé avec plusieurs camarades pour affronter le bordel. Mais il attache tellement d'importance au rapprochement des corps, il le désire si intensément, il en attend tellement, que toute plaisanterie sur ce sujet lui répugne. Les obscénités, les mots à double sens, les grivoiseries (il hait ce mot), les gauloiseries (autre mot abhorré) de la plupart de ses camarades, le dégoûtent autant que le mot *cochonnerie,* prononcé quelquefois par sa mère, qui entend souligner ainsi son mépris des choses de la chair, et une fois, en sa présence, par un prêtre *à la page,* qui balayait d'un geste de la main *toutes les petites faiblesses de l'humanité.* Eugène-Marie ne croit pas du tout au *triste post coitum.* Il sent, pressent et exige que la chair soit immense. Quand la fille du bordel, assise près de lui, et vêtue dérisoirement d'une petite jupe de ballerine, lui a dit : « Alors, tu te décides ? » en lui posant la main sur la cuisse, son cœur s'est soulevé et il est sorti.

Mais comment parvenir à approcher une femme ? Victoria ne reçoit que les membres de la famille, et la famille est à Paris ou en Savoie ; la solution des amies de la mère, si favorable aux adolescents, est donc interdite à Eugène-Marie. Il ne se passe pas de journée, qu'il ne se jure d'aborder le lendemain une des jeunes filles qui fréquentent l'école ménagère, voisine de la gare de marchandises, et qu'il croise ou dépasse à vélo quatre fois par jour ; beaucoup sont déjà maquillées, et elles ont un regard hardi, qui lui dessèche la gorge. Mais quel garçon oserait aborder avec des culottes courtes une jeune fille dont les

lèvres sont peintes? C'est pourquoi d'obtenir un costume
à pantalon long fut au centre de toutes les préoccupations
de ses quinzième et seizième années.

Demain peut-être, à cause de ce mariage, il ira avec sa
mère commander le costume, chez le nouveau tailleur de
la place Drouet-d'Erlon. Mais alors, ce ne seront plus
seulement les élèves de l'école ménagère qui deviendront
accessibles, mais également les ouvrières de la fabrique de
briques.

Le front sur la vitre, il les regarde passer. Les châles de
laine, à larges bandes parallèles, de couleurs crues, rouge,
bleu, vert, orange et noir, sont superbes dans la poussière
blanche de l'avenue de Laon, faite de craie, comme toute
la ville et la plaine qui l'entoure.

Les ouvrières marchent à grands pas, et fortes de leur
jeunesse et de leur nombre, elles rient insolemment aux
propos des passants. Pour Eugène-Marie, les jeunes filles
de l'usine de briques de l'avenue de Laon, occupées huit
heures par jour à tasser de la terre dans des moules, mais
qu'il ne voit jamais qu'au cours de leur marche triomphale, précédée d'un solennel sifflement de sirène, sont
inséparables de l'image qu'il se fait de la fierté humaine.

Il n'osera pas, bien sûr, les aborder de front quand elles
sont comme cela toutes ensemble, avec un air de défi dans
le port de la tête. Il les suivra, comme il a déjà fait.

Passé le dépôt des tramways, elles commencent à se
disperser. Les unes vont vers les baraquements de la cité
ouvrière de la rue Neufchâtel, les autres vers les mai-
sonnettes dispersées parmi les potagers, entre le terrain de
football et le canal. Ce sont ces dernières qu'il suivra,
parce qu'elles s'éparpillent peu à peu dans un labyrinthe
de petites rues.

Enfin il se trouvera seul, derrière une jeune ouvrière,
qui marchera doucement, dans un chemin désert.

Il hâtera le pas, la dépassera et marchera un moment

devant elle, pour qu'elle ait le temps de s'apercevoir qu'il n'est pas habillé comme un ouvrier. Elle devinera, à l'étroitesse de ses pantalons, qu'il est étudiant. Il est probable que les étudiants ont du prestige aux yeux des ouvrières.

Alors il ralentira le pas, elle se trouvera à sa hauteur et il lui dira quelque bêtise. Elle répondra de sa belle voix basse, elle rira de son beau rire, qui semble monter du fond du ventre. Rien qu'à imaginer cela, ses jambes tremblent. Il faudra qu'il arrive à dominer son émotion. « Vous êtes pâle, qu'avez-vous donc? — Je vous aime. » Non, il ne faudra pas commencer comme cela.

Ils marcheront côte à côte, en ralentissant le pas de plus en plus, ils entreront dans une impasse (il faudra qu'il parcoure demain à vélo tout le quartier derrière le terrain de football, pour trouver un chemin se terminant en impasse). Il l'aura disposée favorablement à son égard, en lui racontant que son père est ingénieur et que sa famille habite une des belles villas de l'avenue de Laon... « Nous arriverons au fond de l'impasse ; j'aurai encore ralenti le pas et je me trouverai en arrière d'elle ; elle se retournera et m'attendra en riant, appuyée contre le mur du fond de l'impasse ; je m'avancerai et je la serrerai contre le mur du fond de l'impasse ; elle rira plus fort... »

Ses jambes tremblent sous lui. Il passe encore une ouvrière toute seule. Elle est drapée dans un châle écarlate et ses lèvres sont soulignées d'un trait du même écarlate. Elle tient orgueilleusement le milieu de la chaussée, la démarche impérieuse comme le désir lui-même.

« Elle me clouera sur place d'une plaisanterie mauvaise, gémit Eugène-Marie. Elle aime les garçons qui savent courir sur les toits, grimper sur des échafaudages, conduire des poids lourds, forger dans le feu les barres d'acier, dont la tête ne tourne pas quand ils ont bu un Pernod et qui répondent par une insolence à ses insolences. Etudiant. Elle me renverra à l'école, à mon père malingre, à ma mère à chapeau, à ma maison particulière, où l'on ne partage jamais le repas avec personne. Mais supposons même qu'elle accepte que je lui parle ; je serai obligé de lui offrir l'apéritif, dans un de ces bistrots du bord du canal, qui ne sont fréquentés que par des ouvriers ; je me sentirai gauche, je n'ai pas l'habitude d'aller dans des endroits de ce genre ; les ouvriers s'en apercevront, ils se moqueront de moi, et je ne saurai pas répondre à leurs plaisanteries ; quand je parle argot, tout ce que je dis sonne faux. Et si elle réclame un second verre, je ne pourrai pas lui offrir ; ma mère ne me donne que deux francs par semaine d'argent de poche, parce qu'elle est avare, et parce qu'elle a peur que je me laisse entraîner dans des mauvais lieux par mes camarades. Mes parents me traitent comme un enfant. La fille dira : « Regardez donc ce môme. On lui presserait le nez, il en sortirait encore du lait. Et ça ose aborder une femme dans la rue ! Rentre vite chez ta maman. Elle te grondera si tu arrives en retard. » Et ma mère me grondera en effet si j'arrive en retard. Elles auront toutes les deux raison, la fille et ma mère. On reste un enfant tant qu'on ne gagne pas sa vie. Quand je n'ai pas appris ma leçon, je rougis devant mon professeur. Une fille ne peut pas se donner à un garçon qui rougit devant un maître d'école. Et cela durera tant que je ne gagnerai pas ma vie. Je devrai mendier chaque centime d'argent de poche, tant que je ne serai pas sorti de Centrale ou de Polytechnique. Non. Je ne veux pas de cela. Je ne veux plus aller au lycée. Je veux travailler tout de suite. Demain matin, au lieu d'aller au lycée, j'irai faire le tour des bureaux d'embauche... »

Ce n'était pas la première fois qu'il décidait d'abandonner le lycée et de se mettre sur-le-champ à travailler. Il y a de cela trois ans — il était encore en quatrième et pas encore obsédé par le corps des femmes —, il avait fait part, un soir, de sa décision à ses parents : « Je ne retournerai pas demain au lycée, je veux travailler... »

C'était au milieu de l'hiver d'une année particulièrement froide. Il allait au lycée à bicyclette et, malgré deux paires de gants de laine superposées, ses mains gelaient sur le guidon. Il pédalait avec une main dans la poche de son manteau ; mais le froid saisissait si vite les doigts qu'avant même que la main dans la poche fût réchauffée, la main sur le guidon était déjà gelée. La débâcle du sang dans la main, saisie par la tiédeur, était presque aussi douloureuse que son gel dans la main mordue par le vent glacé. Au long des trois kilomètres qui séparaient sa maison du lycée, la souffrance devenait vite tellement intolérable qu'il était obligé de s'arrêter plusieurs fois, de poser son vélo contre un mur, de retirer ses gants et de réchauffer ses mains en soufflant dedans, tout en sautant sur place pour que les pieds ne gèlent pas à leur tour. Or, les ouvriers qu'il croisait à cette heure matinale (les classes, dans ce temps-là, commençaient à huit heures) et qui gagnaient leur chantier à vélo, portaient tous des gants de cuir fourrés à crispin. Il était visible qu'ils ne souffraient pas du froid aux mains ; ce n'est pas que le cuir conserve mieux la chaleur que la laine, mais il oppose à l'air une barrière plus difficilement franchissable, et le crispin empêche le vent de tourner l'obstacle. Les gants de cuir fourrés à crispin étaient en vente aux Stocks américains de l'avenue de Laon pour la somme de vingt-deux francs. Mais Victoria Favart s'était refusée obstinément à donner à son fils les vingt-deux francs ; elle déclarait que deux paires de gants de laine suffisent assurément à protéger les doigts des plus grands froids, que le cuir et les crispins relèvent du snobisme, qu'Eugène-Marie devait enfin se décider à comprendre que ses parents n'étaient pas des millionnaires ; et ne pas les remercier des sacrifices qu'ils s'imposaient pour lui faire faire des études, en manifestant sans cesse de nouvelles exigences.

Eugène-Marie en était donc venu tout naturellement à envier le sort des ouvriers, qui pouvaient prendre sur leur salaire l'achat d'une paire de gants aux Stocks américains de l'avenue de Laon. A treize ans, et ne sachant rien faire, car il était persuadé que tout ce qu'il avait appris jusqu'alors au lycée ne comportait aucune application pratique, il ne gagnerait bien sûr pas autant qu'un maçon ou qu'un charpentier. Mais même comme commis d'épicerie, garçon de courses ou à mettre de la terre dans les moules de la fabrique de briques, il gagnerait tout de même assez pour s'acheter une paire de gants et n'avoir plus besoin de demander de l'argent à sa mère.

Il avait donc fait part de sa décision à ses parents. Elle était irrévocable. Ni raisonnements, ni supplications, n'avaient pu l'amener à céder.

« Mais enfin, pourquoi ne veux-tu plus aller au lycée ? » demandait son père. Il avait refusé toute explication, par honte d'avouer que c'était parce qu'il avait trop froid aux mains sur son vélo le matin ; il n'estimait pas viril, et par conséquent contradictoire avec sa décision de travailler, de ne pas être capable de supporter le froid aux mains.

Son père s'était mis en colère et avait fendu d'un coup de poing la marqueterie fragile de la *table à ouvrage à maman*. Puis son père l'avait battu.

Il s'était d'abord laissé battre. C'était la quatrième ou cinquième fois que son père le battait. Il avait reculé en se cachant le visage derrière les bras. Puis, soudain, il avait cessé de reculer, relevé la tête et crié : « Frappe donc, grand lâche. Quand je serai grand, je te frapperai à mon tour et bien plus fort. » Le visage de son père, du rouge où l'avait porté la colère, était soudain passé au blanc ; l'ingénieur-conseil était sorti de la pièce sans dire un mot et n'avait plus jamais touché Eugène-Marie — qui d'ailleurs avait cédé aux pleurs de Victoria, et était retourné le lendemain au lycée.

Il est toujours derrière le carreau de la baie vitrée. Une ouvrière encore passe devant la maison particulière. Un jeune ouvrier marche à ses côtés. Il lui dit quelque chose, elle tourne la tête vers lui et lui sourit. Heureux les jeunes ouvriers, qui peuvent s'acheter des gants de cuir et des pantalons longs, et auxquels les filles sourient !

VI

Le repas de noces eut lieu dans l'atelier de repassage, installé au rez-de-chaussée de la maison dont Eugénie Favart était une des locataires, et Adèle Fleuri, mère de Lucie Fleuri, la concierge.

La maison, sise dans cette partie de la rue Pétrarque qui fut démolie vers 1935 pour faire place à l'avenue Paul-Doumer, qui relie maintenant tout d'un trait Chaillot à Passy, avait constitué, au XVIIIe siècle, les dépendances, communs et remises de la maison de campagne d'un financier.

Eugénie Favart habitait au premier étage du bâtiment central, au fond de la cour, un appartement de cinq pièces en enfilade. Les deux étages bâtis au-dessus, vers 1880, quand le quartier avait commencé à se développer, étaient divisés en petits logements, habités par les artisans du voisinage. Les anciennes remises avaient été transformées en boxes individuels pour automobiles de maître. La conciergerie avait gardé sa destination, et une sorte de corps de garde, qui lui faisait face, était devenu l'atelier de repassage d'une blanchisserie du quai de Passy.

Allées et venues des chauffeurs qui venaient chercher ou ramener les voitures de maître, des limousines, dont les moteurs n'étaient pas encore silencieux, saluts que, d'une fenêtre à l'autre, échangeaient le menuisier de la rue Scheffer et le fabricant de marbres funéraires de la rue des Réservoirs, rires, chansons et querelles des jeunes filles occupées toute la journée à repasser le beau linge dans l'ancien corps de garde, la maison de la rue Pétrarque était perpétuellement animée des rumeurs de la vie.

Juste en face s'élevait un immeuble de rapport à sept étages, édifié au début du siècle et orné de cariatides géantes, dont les pieds reposaient sur le premier étage et dont les têtes supportaient les assises des bow-windows du cinquième. Un peu à gauche, dans un jardin, un hôtel particulier qu'on disait être la reconstitution de la maison de Pétrarque à Florence et qu'on pouvait encore voir, en 1951, en bordure de l'avenue Paul-Doumer.

Entre l'immeuble aux cariatides et la maison de Pétrarque, on apercevait la tour Eiffel, qui paraissait si proche que, certains jours, elle semblait se balancer sur place comme un jeune éléphant.

Les habitants du bel immeuble se plaignaient souvent à Adèle Fleuri des bruits variés par lesquels ses locataires manifestaient leur attachement à l'existence et des échos des disputes qui, les soirs d'été, venaient retentir jusque dans leurs salons. Il était honteux qu'une telle pouillerie n'eût pas encore été éliminée d'un quartier si convenable.

Adèle Fleuri était devenue concierge, à la mort de son mari, artisan sculpteur sur bronze, qui avait retouché les moulages des artistes en vogue dans les années 1880-1910. Elle était ainsi parvenue, avec l'appoint de ménages et de travaux à domicile, à élever ses enfants : Victorien, l'aîné, maintenant chef de rayon à la Belle Jardinière ; Etienne, le second, inspecteur de police, service des Renseignements généraux ; Jeanne, vingt-trois ans, qui a repris le fer à repasser dans l'atelier en face la loge, depuis que son mari Pierre Madru, cheminot, a été révoqué à cause de son action au cours de la grande grève de 1920 ; Lucie, repasseuse, qui se marie aujourd'hui ; et Robert, seize ans, qui achève son apprentissage d'ouvrier mécanicien.

Lucien Favart a connu Lucie dans la cour et l'a fréquen-

tée dans l'une des chambres en soupente du quatrième
étage du bâtiment principal. Leur mariage est considéré
par toute la maison comme une affaire personnelle. En
donnant son consentement, après trois ans de résistance,
Eugénie Favart a cédé à la pression populaire.

Le couvert du repas de noces fut dressé sur les trois
tables à repasser, disposées parallèlement dans l'atelier,
prêté à cette occasion par la blanchisseuse. Deux tables
furent laissées aux voisins et aux repasseuses, amies de la
mariée. La table centrale fut réservée à la famille, les
places indiquées sur des petits morceaux de papier roulés
dans les verres.

Une partie de la noce, dont les mariés, arriva dans
l'atelier dès midi, c'est-à-dire près d'une heure à l'avance
sur l'horaire prévu. La cérémonie religieuse, en effet, une
simple bénédiction, à laquelle il avait été finalement
consenti pour apaiser les scrupules de Favart l'ingénieur et
de sa femme Victoria, s'était trouvée bâclée par un prêtre
bougon beaucoup plus rapidement qu'on ne l'avait prévu,
et malgré le tour des lacs du bois de Boulogne à petite
allure, les voitures de louage, aux bouchons de radiateur
enrubannés de blanc, avaient été de retour rue Pétrarque
moins de trois quarts d'heure après la fin de la cérémonie
civile à la mairie de l'avenue Henri-Martin.

On se met à l'aise en attendant le repas. Lucie ôte son
voile et sa couronne, « on dirait que ses fleurs d'oranger la
brûlent », murmure Victoria. Lucien pose sa jaquette sur
un dossier de chaise. Quatre cousins de Savoie s'assoient
en carré et, sur un tabouret posé entre les quatre chaises,
pour ne pas déranger le couvert, commencent une
manille.

Eugénie Favart inspecte du regard l'ordonnance des
tables. Droite comme une jeune fille, *du temps que les*

jeunes filles savaient encore se tenir, cheveux teints en noir, joues passées au rouge, elle ne paraît pas quarante-cinq ans ; elle a dépassé les soixante-cinq. Elle fait signe à une petite-nièce de Savoie :

— Il manque un couteau à dessert à l'avant-dernière place de la troisième table.

La petite court réparer la négligence.

— Retire donc ton plumet, dit-elle à Victoria, nous ne sommes plus à l'église.

Victoria s'est fait faire pour le mariage un chapeau à devant surbaissé, comme c'est alors la mode, mais elle a tenu à ce que la modiste y place l'aigrette qui lui fut offerte par son mari en 1907, à l'occasion du baptême d'Eugène-Marie, et qui a resservi depuis sur tous les chapeaux de cérémonie.

On parle, on rit, on joue aux cartes.

Michel Favart explique à son frère les spéculations à quoi donnent prétexte les dommages de guerre.

— Je vais faire un tour au magasin, dit Eugénie Favart.

Après le krach des Raffineries Say, quand elle a dû déménager de l'avenue Mozart, elle a acheté la gérance d'un commerce d'antiquités de la rue Franklin. Aujourd'hui, elle a confié la garde de la boutique à une voisine.

— Je vous accompagne, propose Emilienne, femme de Victorien Fleuri, le chef de rayon à la Belle Jardinière.

Emilienne est la fille d'un crémier de la rue de Passy. Elle ne travaille pas, elle tient son petit intérieur. L'hiver, Emilienne porte manteau d'astrakan, Victoria manteau de loutre. Ce sont les deux femmes les plus huppées de la noce.

— Je n'ai besoin de personne pour m'accompagner, répond Eugénie Favart. Vous feriez mieux de vous occuper de votre mari, qui est déjà au bistrot.

Pierre Madru, le cheminot révoqué, est en conversation

avec Victor-Emmanuel Servoz, beau-frère d'Eugénie Favart par sa sœur, ingénieur des Eaux et Forêts en retraite, ancien conseiller général radical-socialiste d'un canton de Haute-Savoie; c'est la première fois qu'il vient à Paris depuis 1914. Les deux hommes, le jeune et le vieux, le révoqué et le conseiller général, dominent toute la noce de leur haute stature; le Savoyard porte de grosses moustaches blanches relevées en pointes; il se tient droit, solidement posé sur ses pieds largement écartés. Le cheminot est légèrement voûté, la poitrine un peu creuse, le visage maigre, mais les épaules massives comme les arcs des cathédrales romanes.

— Poincaré, dit le Savoyard, a fait arrêter hier le directeur des usines Krupp, les Anglais vont se fâcher.

— Le capital français, répond Madru, veut exploiter jusqu'au bout sa victoire militaire.

Eugène-Marie essaie des sujets de conversation variés sur sa cavalière, Marcelle, vingt ans, manutentionnaire aux Epiceries Félix Potin, belle-sœur, par sa sœur Rose, d'Etienne Fleuri, l'inspecteur des Renseignements généraux. Eugène-Marie n'a pas réussi jusqu'ici à enchaîner un dialogue; Marcelle ne s'intéresse ni au Tour de France, ni au football, ni à la géométrie, ni à Rimbaud, il va falloir trouver autre chose. Elle a le nez retroussé et de petits yeux vifs, qu'elle baisse de temps en temps vers le revers du pantalon d'Eugène-Marie, qui est aussi étroit qu'il l'avait rêvé. Elle ne s'est pas fait faire de toilette pour la noce; sa jupe noire est si élimée qu'elle reluit; son corsage blanc est tendu à éclater par une poitrine qui a eu le temps de grossir depuis qu'il a été acheté. Une des seules phrases qu'elle ait dites: « Chez nous, on ne roule pas sur l'or. »

Mais Madru appelle Eugène-Marie:

— Voilà, dit Madru à Victor-Emmanuel Servoz, c'est le petit-fils de François Favart...

— J'aimais beaucoup ton grand-père, dit le vieillard.

Un grand cœur, une noble intelligence. En 1872, quand la police le recherchait encore, je l'ai caché pendant trois mois dans un chalet du Mont-Charvin. J'allais le rejoindre tous les samedis, six heures de marche, et j'avais le pas des montagnards dans ce temps-là ; nous restions à parler jusqu'à l'aube. Il m'a appris énormément de choses.... Et toi, qu'est-ce que tu fais ?...

(« Quand la police recherchait grand-père Favart, se répète Eugène-Marie. Grand-père Favart recherché par la police... » On ne parle jamais à la maison de son grand-père paternel, qui est mort peu après sa naissance.)

— ... Tu vas encore à l'école ?

— Je passerai mon premier bac l'année prochaine.

— Et après ?

— Je préparerai Polytechnique ou Centrale.

Victor-Emmanuel Servoz se tourne vers Madru :

— ... Les grandes écoles ou l'administration, les parents d'aujourd'hui ne pensent plus qu'à procurer à leurs enfants des boutons de mandarin. Comme s'il y avait besoin de parchemins pour réussir. L'exemple de son grand-père prouve le contraire.

— Le temps du garçon d'ascenseur qui devenait président de la Compagnie est passé, répond Madru... Les entreprises se concentrent.

Une partie de la noce, qui n'a pas suivi les mariés à l'église, est allée directement de la mairie au bistrot qui fait le coin de la rue Pétrarque et de la rue Scheffer. Lucie et Lucien viennent de décider d'aller la rejoindre, en attendant que le déjeuner soit prêt. Lucie saisit au passage le bras d'Eugène-Marie :

— Viens prendre l'apéritif sur le zinc avec nous. C'est ton oncle qui paie la tournée.

— Oh ! oui, répond Eugène-Marie.

Il va prendre l'apéritif sur le zinc, dans un bistrot d'ouvriers, comme si c'était la chose la plus naturelle. Il va

enfin « faire comme tout le monde ». Son oncle et sa tante
partagent le sort commun et se conforment sans scrupule à
la vieille règle qui exige qu'avant déjeuner on aille
prendre l'apéritif sur le zinc. Cette fois, il commandera
sans hésiter un Pernod. Son oncle ne lit pas la *Somme* de
saint Thomas d'Aquin comme son père, sa tante n'habite
pas une maison particulière comme sa mère ; mais ils n'ont
pas perdu le droit de savoir parler aux autres hommes. Et
ils sont bons et délicats, puisqu'ils lui disent : « Viens
prendre l'apéritif avec nous sur le zinc », tout naturellement, exactement comme s'ils ignoraient qu'il est
condamné à la solitude à perpétuité. Ainsi est la famille de
Paris. Eugène-Marie se sent débordant d'amour pour la
famille de Paris.

Il suit sa tante, dont la robe de mariée, maintenue par
un treillis, laisse apparaître, entre ses *jours,* la peau
blanche d'une épaule ronde. Elle s'appuie à son bras, sa
blanche épaule contre son épaule. Sur le pas de la porte,
ils se heurtent à Victoria :

— Où vas-tu ? demande-t-elle.

— Tante Lucie m'invite à prendre l'apéritif.

— Puisque le déjeuner est tellement en retard, dit
Victoria, j'aimerais mieux que tu montes chez ta grand-
mère, pour te reposer un moment. La journée sera déjà
assez fatigante pour toi...

— Non, dit Eugène-Marie, en regardant sa mère dans
les yeux.

— Ne t'en fais pas, belle-sœur, dit Lucie. Je n'ai pas
l'habitude de les prendre au berceau...

— J'accompagnerai ma tante, dit fermement Eugène-
Marie.

— Va, dit Victoria, va. J'avais raison de m'attendre à
tout, quand j'ai accepté d'assister à cette mascarade.

Lucien Favart, le marié, survient à son tour, escorté de
plusieurs cousins de Savoie.

— Va chercher ta cavalière et amène-la avec nous, dit-il à Eugène-Marie.

Eugène-Marie rejoint Marcelle :

— Vous venez prendre l'apéritif ?

— Non, répond Marcelle, je ne prends pas l'apéritif avec un flic.

— Quel flic ?

— Mon beau-frère Etienne Fleuri.

— Ce n'est pas un flic, dit Eugène-Marie, c'est un agent de la secrète...

Marcelle éclate de rire :

— Dis donc, Madru. Le petit dit qu'un agent de la secrète n'est pas un flic.

— Il doit penser à Sherlock Holmes, dit Victor-Emmanuel Servoz.

— Les flics de la secrète, dit Madru, ce sont ceux-là qui viennent arrêter les ouvriers quand il y a des grèves.

Eugène-Marie se sent rougir. Il s'en veut furieusement de rougir, parce qu'il pense qu'il n'a pas plus de caractère que son père. Il fait quatre pas désemparés au milieu de l'atelier. Puis il gagne la rue. Son oncle, sa tante et les cousins de Savoie sont déjà sur le seuil du bistrot. Lucie entre, sans se retourner pour voir si Eugène-Marie les suit.

Il traverse la rue et pénètre dans la maison à cariatides, où il a couché dans une chambre prêtée pour lui à sa grand-mère, par des amis à elle. Il monte au quatrième par l'ascenseur hydraulique, la bonne vient lui ouvrir :

— Déjà finie la noce, monsieur Favart ?

Il passe sans répondre, court à sa chambre et se jette sur le lit. Il garde les yeux fixés, au-delà de la fenêtre, sur la tour Eiffel, mais il ne la voit pas. Il répète à voix haute : « Je suis l'homme le plus seul au monde, je suis... »

Il se répétait : « Je suis l'homme le plus seul au monde. »

On frappa à la porte.

— Qu'est-ce que c'est? cria-t-il.

— Domenica, répondit une voix fraîche.

Une fillette entra dans la chambre, robe courte, genoux nus, chaussettes blanches, et les cheveux très noirs partagés par une raie au milieu et tressés en deux longues nattes, qui retombaient par-devant les épaules, sur un tablier de toile écossaise.

— Tu pleures? demanda-t-elle.

— Non, répondit Eugène-Marie, je pense.

— Alors, tu as des pensées tristes.

— Qui es-tu?

— Domenica.

— Qu'est-ce que tu fais dans cette maison?

— C'est ma maison.

— C'est ton père qui habite cet appartement?

— Mon père habitait ici, avec maman et moi.

— Où est-il à présent?

— En prison, chez nous, en Espagne. Les prisons sont très sales en Espagne. Mon père en ce moment doit être plein de poux...

Ta grand-mère Favart n'a pas de morale, avait dit une fois Victoria. Qu'est-ce qu'elle ne dirait pas aujourd'hui qu'Eugénie Favart a logé son petit-fils chez un bandit?

— Tu n'as pas l'air honteuse que ton père soit en prison...

— Honteuse, demanda la fillette, pourquoi serais-je honteuse? Je suis fière de mon père, qui combat pour la liberté.

— Ah! oui, dit Eugène-Marie... Mais tu n'as même pas l'air triste.

— Je suis triste, mais je ne le montre pas, parce que je suis courageuse. Les Dominguez ne pleurent jamais, quand leurs hommes sont en prison.

— On va souvent en prison dans votre famille?

— Mon arrière-grand-père est mort en prison, mon grand-père était en prison, quand les Cortès l'ont désigné comme président du Conseil, et quand mon père n'est pas en prison, il est en exil... Pourquoi es-tu triste, toi?

— Je ne sais pas, répondit Eugène-Marie.

La taille et la poitrine de la fillette étaient déjà marquées.

— Quel âge as-tu? demanda Eugène-Marie.

— Treize ans.

— Tu vas à l'école?

— Au lycée. Et toi?

— Moi aussi. Je passerai mon premier bac l'année prochaine.

— Moi, dans trois ans. Et puis je ferai mon droit et une licence de sciences, en même temps.

— Beaucoup d'études pour une fille, dit Eugène-Marie.

— Il le faut bien, répondit la fillette. Parce que moi aussi, je combattrai pour la liberté. Le jeudi, j'apprends à tirer chez Gastine-Reinette.... Est-ce que tu as des ennemis, toi?

— Je ne sais pas, répondit Eugène-Marie.

— Tu n'es pas intéressant, dit Domenica. Tu ne sais pas pourquoi tu es triste, tu ne sais pas si tu as des ennemis...

— Je ne sais plus rien, dit vivement Eugène-Marie.

— Tu as peut-être une passion malheureuse?

— Non. Je ne connais pas de femme digne d'être aimée.

— Je vois, je comprends, dit Domenica: ta maîtresse n'est pas fidèle.

— Je n'ai pas de maîtresse.

— Ni ennemis, ni maîtresse, qu'est-ce que tu fais dans la vie? Il faut prier Dieu de te donner des ennemis ou au moins une maîtresse.

— Je ne crois pas en Dieu, dit sombrement Eugène-Marie.

— Mon père aussi dit qu'il est athée. Mais il n'y a pas d'exemple qu'un Dominguez ait été tué, sans s'être confessé auparavant.

— Les Dominguez se font toujours tuer?

— Est-ce que j'ai une tête à mourir dans mon lit? demanda la fillette.

— Il y a déjà trois ans que je ne crois plus en Dieu, dit Eugène-Marie.

— Tu fais ta crise, dit-elle. Mon confesseur m'a prévenue que moi aussi je ferai un jour ma crise. On se pose des questions, on doute, on a un grand déchirement intérieur, et l'on s'aperçoit tout d'un coup que l'on ne croit plus en Dieu. On devient très malheureux. Et puis la grâce revient, aussi brutalement qu'elle s'en était allée, on est comme illuminé, et on croit de nouveau en Dieu, pour toute la vie cette fois.

— Je n'ai pas eu de crise, dit Eugène-Marie. J'ai cessé de croire en Dieu. C'était au moment où je commençais d'étudier la géométrie. Un beau jour, il me sembla aussi absurde de croire en Dieu que de prétendre que les trois angles d'un triangle ne sont pas égaux à deux droits.

— Tu es drôle, dit-elle.

Elle réfléchit un instant.

— Il n'y a pas de maison sans maçon, dit-elle. Si Dieu n'existait pas, qui donc aurait fait le ciel et la terre, et toi, et moi?

— Il n'y a pas de maison sans maçon, dit-il. Si Dieu existe, qui donc aurait fait Dieu?

— Tu es vraiment drôle, dit-elle.

— Réfléchis, dit-il.

Il sauta du lit, passa la main sur les plis de son pantalon étroit comme un étui, et alla se coiffer devant la glace.

— Il faut, dit-il, que j'aille maintenant au déjeuner de mariage de mon oncle.

— Tu es le petit-fils de Mme Favart?

— Oui. Tu la connais?

— Quand mon père était là, il m'emmenait souvent dans son magasin. Nous cherchions dans ses cartons des gravures de la Révolution française. Mon père est collectionneur.

— Ma grand-mère aussi est spécialiste en révolutions?

— Ta grand-mère vend toutes sortes de gravures, mais elle recherche spécialement celles de la Révolution française pour mon père. Mais, même quand elle n'avait rien de nouveau pour lui, il restait longtemps dans la boutique, pour parler avec elle. Il dit que c'est une femme de fer, qu'elle serait digne d'être espagnole...

Domenica accompagna Eugène-Marie jusque sur le palier.

— Je vais réfléchir à ce que tu m'as expliqué sur Dieu, dit-elle, en lui tendant la main.

Comme il atteignait le palier du second étage, la fillette lui cria dans la cage de l'escalier:

— Je crois bien que je vais commencer ma crise de doute. Ce sera de ta faute.

Le repas était maintenant prêt, et la noce n'était toujours pas rentrée des bistrots du voisinage, où elle s'était peu à peu dispersée.

Mais Victoria s'était assise, seule, à la place qui lui était réservée à la table de la famille. Quand Eugène-Marie rentra:

— Alors, cria-t-elle, est-ce terminé, cet apéritif? Est-ce qu'elle arrive, ta famille?

— Je ne sais pas, répondit Eugène-Marie, je ne suis pas allé au café.

— Peut-on savoir ce que tu as fait?

— J'ai discuté philosophie avec une Espagnole...

— Tu as... Quoi?... Quelle Espagnole?

— Une Espagnole, dont le père est en prison pour avoir assassiné le roi d'Espagne.

— Ce n'est pas le moment de jouer à Sinbad le Marin...

(Le jeu de Sinbad le Marin faisait partie des traditions abandonnées avec la venue de l'âge de raison. Eugène-Marie s'asseyait aux pieds de sa mère et lui racontait: *J'ai rencontré Sinbad le Marin, qui m'a emmené dans sa boutique...* ou bien: *qui m'a enlevé sur son bateau...* ou bien: *qui se promenait sur le tapis volant qu'il avait volé au fils du sultan.*)

— ... Ce n'est pas le moment. Je suis trop énervée. On a assez insisté pour que je vienne à cette noce. J'y suis, ton père y est, tu y es, et qu'est-ce que nous faisons? Nous attendons. Même ta grand-mère ne daigne pas se montrer.

— Est-ce que tu as connu mon grand-père Favart? demanda Eugène-Marie.

— Très peu. Ton père et moi nous avons quitté Paris tout de suite après notre mariage et ton grand-père est mort peu après ta naissance.

— Comment était-il?

— Grand, maigre, comme tous les Savoyards.

— Je veux dire: quel genre avait-il? Le genre de papa? Ou bien d'oncle Lucien? Ou bien...

— Il ne ressemblait ni à ton père ni à ton oncle. Plutôt à ton père... Mais d'une autre façon. Le même regard que ton père quand il retire ses binocles. C'était un songe-creux. Dans la vie courante il se laissait mener par ta grand-mère. En cela, il était comme ton père.

— Pourquoi la police l'a-t-elle recherché?

— Qui t'a raconté cela?

— Le cousin Servoz.

— Naturellement. D'abord, Servoz n'est pas ton cousin. C'est le beau-frère de ta grand-mère. Un vieux bouffeur de curé...

— Qu'est-ce qu'avait fait grand-père Favart pour que la police le recherche ?

— Des bêtises, répondit Victoria, quand il était jeune, parce qu'il avait perdu le respect du Bon Dieu.

— Il avait combattu pour la liberté ? demanda Eugène-Marie.

— C'est Servoz qui t'a mis ces idées-là dans la tête ?

— Non, c'est l'Espagnole...

Mais, de la rue, Eugénie Favart, qu'un homme et une femme accompagnaient, appelait Eugène-Marie. Elle le présenta :

— Mon petit-fils, dit-elle.

» C'est M. Chastel, expliqua-t-elle à Eugène-Marie, l'auteur dramatique. On joue deux pièces de lui en ce moment sur les boulevards.

— J'ai bien connu ton grand-père, dit Chastel. Bien sûr, je ne partageais pas ses idées. Mais il est arrivé à me les faire respecter.

— Il combattait pour la liberté ? demanda Eugène-Marie.

— Il chasse de race, dit Chastel à Eugénie Favart.

— J'aime ça, cria la femme qui accompagnait Chastel ; comme il est drôle, ce gosse. Tu vois, Jacques, comment sont les mômes d'aujourd'hui. A son âge, y comprenais-tu quelque chose, toi, à la politique ?

— C'est Mlle Blanchette, expliqua Eugénie Favart.

— Bonjour, mademoiselle, dit Eugène-Marie.

Mlle Blanchette paraissait avoir largement dépassé la trentaine. Le maquillage ne parvenait déjà plus à dissimuler les craquelures de la paupière inférieure. Elle portait des chaussures de cuir mordoré à talons Louis XV, et un panache de paradis sur son chapeau.

— Je vous laisse à vos enfants, dit Chastel... Qu'est-ce que tu fais ? demanda-t-il à Mlle Blanchette.

— Je t'accompagne...

Mais elle saisit le bras d'Eugénie Favart :

— Madame Favart, je vous en prie, parlez à mon ami. Il n'a pas voulu écouter Chastel, mais il vous écoutera, vous...

— Non, mon petit, répondit fermement Eugénie Favart. Ça ne servirait à rien, je ne ferais que l'exaspérer...

— Jacques! demande à Mme Favart d'expliquer à mon ami que...

— Laisse tranquille Mme Favart, elle a autre chose à penser, surtout aujourd'hui...

Les yeux de Mlle Blanchette s'embuèrent et une larme noire coula sur la joue ; c'était l'effet du rimmel. Elle se retourna brusquement, et, tête basse, commença à descendre la rue Pétrarque.

— Rattrapez-la, dit Eugénie Favart à Chastel, empêchez-la de faire des bêtises.

— Bah, bah! fit Chastel, en secouant la tête.

Puis il rattrapa Mlle Blanchette.

— Qui est Mlle Blanchette? demanda Eugène-Marie à sa grand-mère.

— Une écervelée.

— C'est une actrice?

— Elle aurait pu réussir au théâtre, mais les hommes lui font faire des bêtises.

— Quelles bêtises?

Elle regarda son petit-fils.

— Ta mère t'a fait faire des pantalons ridicules. Elle t'habille comme un calicot qui essaie d'en jeter plein la vue à une boniche.

— Mais, grand-mère, c'est la dernière mode.

— Quelle mode? grogna la vieille dame.

Lucie, Lucien et les autres sortaient du bistrot. On se mit à table.

Les plus jeunes avaient été placés aux bouts de tables. A

une extrémité, Robert Fleuri, l'apprenti mécanicien, et Ginette la petite main, sœur de Rose la femme du policier ; à l'autre extrémité, Eugène-Marie et Marcelle la manutentionnaire, deuxième sœur de Rose.

Eugène-Marie avait à sa gauche la vieille Clémence, cousine de Savoie au huitième degré, qui avait été la gouvernante de l'intérieur des Favart, au temps de la prospérité des Restaurants Favart. Après le krach des Raffineries Say, elle avait mis ses économies à la disposition d'Eugénie, qui paie maintenant sa pension dans une maison de vieillards ; elle vient déjeuner tous les dimanches chez son ancienne patronne et participe à toutes les fêtes de famille. A la gauche de Clémence, Madru, le cheminot révoqué. A la gauche de Madru, Rose la femme du policier.

A la droite de Marcelle la manutentionnaire, Dédé Fleuri, cousin germain de la mariée, dix-huit ans, dessinateur dans les bureaux techniques des Etablissements Citroën du quai de Javel. Il porte un costume bois de rose, de la même coupe que le costume tête-de-nègre d'Eugène-Marie ; sa cravate de batik nouée très serrée se cambre dans l'ouverture du gilet haut fermé. A la droite de Dédé le dessinateur, Mélanie Rolland-Favart, marchande de couleurs, rue Bertholet, c'est presque le Quartier latin, et elle dira par-dessus la table à Eugène-Marie qu'elle sait tout de la vie des étudiants. A la droite de Mélanie, la marchande de couleurs, Victor-Emmanuel Servoz, l'ancien conseiller général, et à la droite de celui-ci, Emilienne, femme de Victorien Fleuri, le chef de rayon de la Belle Jardinière, frère de la mariée.

Les mariés Lucie et Lucien, leurs mères Eugénie Favart et Adèle Fleuri, concierge de la maison, leurs frères aînés Michel Favart et Victorien Fleuri, occupent les places d'honneur. Victoria a été placée à la droite d'Etienne Fleuri.

Pendant le repas, Madru le cheminot révoqué, qui était fâché avec son beau-frère le policier, ne parla pas avec sa voisine de gauche, Rose la femme du policier, et n'eut que de courts entretiens avec Clémence, qui, faute d'un dentier, ne se prêtait que malaisément à la conversation ; elle était aussi un peu sourde. Le rôti n'était pas encore servi que Madru, qui avait été délégué au Congrès de Tours et qui avait voté avec la majorité pour l'adhésion à la IIIᵉ Internationale, engagea par-dessus la table une discussion politique avec Victor-Emmanuel Servoz, lequel, s'il avait été socialiste, aurait voté comme Madru, « mais je reste un fidèle défenseur des vieux principes républicains, et par conséquent de l'économie libérale... »

Négligée par Victor-Emmanuel Servoz, Mélanie Rolland-Favart s'était retournée vers Dédé. Mais le dessinateur à cravate de batik avait toisé la marchande de couleurs, jaugé ses quarante-cinq ans et ses boucles d'oreilles à la mode de 1900, et avait tourné son siège de biais, du côté de Marcelle la manutentionnaire. Et Dédé et Marcelle, qui connaissaient l'un et l'autre de longue date la plupart des membres de la noce, s'étaient engagés dans un interminable persiflage, fait de sous-entendus et de clins d'yeux.

Eugène-Marie, à son bout de table, entre Mélanie l'édentée et Marcelle toute à ses perfidies, se trouva donc plus que jamais le garçon le plus seul dans le monde.

Dès les rôtis, qui avaient succédé aux hors-d'œuvre innombrables, aux asperges servies dans des plats évidés en forme d'asperges, reliques de la prospérité des Favart, aux vol-au-vent et aux poulardes en sauce, le bruit des voix et des rires domina celui des mâchoires, des suçons, des déglutitions et des lapements.

Eugénie Favart, qui avait pris à sa charge les frais de la

noce, avait bien fait les choses, et les garçons venus en extra remplaçaient les bouteilles dès qu'elles étaient vides ; il restait encore du vin dans les verres à bordeaux que les verres à bourgogne étaient déjà remplis. Sur des planches disposées sur des tréteaux tout autour de l'atelier, le champagne refroidissait dans des seaux.

Victorien Fleuri le chef de rayon avait commencé de raconter des histoires ; il cédait tour à tour la parole à Marius, à Olive, à Isaac, à Jacob, à Toto-les-doigts-dans-le-nez et à son maître d'école. Lucie la mariée avait rencontré sous la table le pied de son beau-frère, Michel Favart, qu'elle avait pressé, mais le père d'Eugène-Marie l'avait vite reculé ; alors, elle avait chuchoté dans l'oreille de ses voisins, et maintenant elle cherchait à nouveau le pied de son beau-frère, et chacun guettait ce qui allait se passer, mais il ne se passait rien, parce que Michel Favart tenait ses pieds sous sa chaise, comme Emilienne s'en aperçut en ramassant sa serviette, qu'elle avait fait tomber exprès, et elle en informa les autres.

De la table de droite s'éleva le *Chant de la Légion,* lancé par un cousin de Savoie, rescapé de Verdun. De la table de gauche monta en réplique : *Salut, salut à vous, braves soldats du 17ᵉ,* sur l'initiative d'un cousin des Fleuri, vigneron dans l'Hérault.

— Vive Pétain ! Vive Mangin ! cria-t-on à droite.

— Vive Jaurès ! Vive Cachin ! cria-t-on à gauche.

Eugénie Favart tapa avec sa fourchette sur une assiette :

— Pas de politique aujourd'hui, cria-t-elle.

Et aussitôt, les Savoyards entonnèrent en chœur :

Halte-là ! halte-là ! halte-là ! les Savoyards, les Savoyards,
Halte-là ! halte-là ! halte-là ! les Savoyards sont là.

Puis, dans le silence qui suivit, Victor-Emmanuel Servoz lança une tyrolienne qui ébranla les vitres. Des bravos unanimes le saluèrent. Quel coffre, disait-on, quel coffre, et il a soixante-dix-huit ans, soixante-dix-huit ans croyez-vous? il est né en 1845, mais non, il est né en 53, il est né en 44, il est né en 52, il est né en 48 avec la IIe République, il est né en 51 avec le Second Empire.

Etienne le policier parlait à mi-voix avec Victoria, dont il partageait les points de vue sur l'éducation des garçons, quoique plus enclin qu'elle à une fermeté inébranlable, « les jeunes gens d'aujourd'hui ont si vite fait de mal tourner, ils ont été désaxés par la guerre, j'en vois tous les jours des exemples incroyables, dans mon métier n'est-ce pas?... » Il multipliait les prévenances, on devait apprendre le lendemain qu'il avait fait le pari de tomber la femme du binoclard; mais il oublia son pari après le troisième verre de kirsch de Savoie et alla s'embusquer dans le couloir pour mettre les mains aux fesses des repasseuses qui allaient aux waters.

Après le fromage, une des repasseuses obtint le silence, pour un succès récent, *La plus bath des javas,* dont toutes les repasseuses reprirent le refrain en chœur:

> *Ah Ah! Ah Ah!*
> *Ecoutez ça si c'est chouette.*
> *Ah Ah! Ah Ah!*
> *C'est la plus bath des javas.*

Les bouchons de champagne détonèrent. Alors Victorien Fleuri fit taire Olive, Marius, Isaac, Jacob et Toto-les-doigts-dans-le-nez. Il se leva et tapa à plusieurs reprises dans ses mains. Le silence se fit, et il lança d'une voix puissante le premier couplet de la *Ronde des cocus.* Puis il désigna du doigt son frère Etienne le policier, qui lui faisait face, et se penchant par-dessus la table, lui cria de toutes ses forces:

— Cocu !

Et presque toute la noce reprit :

— Cocu ! cocu ! cocu !

Puis Victorien lança le refrain, repris aussitôt par presque toute la noce.

Cocu ! Cocu !
Cocu ! Cocu ! Cocu ! Cu !
Mon Dieu qu'les cocus sont heureux
On leur fournit la chandelle.
Mon Dieu qu'les cocus sont heureux,
Quand donc le serai-je comme eux.
Travadja la moukère
Travadja bono
Travadja sur le derrière
Travadja sur le dos.

Puis entre chaque couplet, qu'il chantait en solo, il désigna successivement du doigt chaque convive de la table d'honneur :

— Cocu ! hurlait-il.

Et presque toute la noce reprenait de plus en plus fort :

C'est pour la somme de cent sous
C'est pour la somme de cent sous
Qu'on fait cocu tous les jaloux
Qu'on fait cocu tous les jaloux
Les jaloux et les autres.
Un cocu mène un autre.
Et tout le long d'la semaine
Un cocu l'autre mène... !
Cocu ! Cocu !
Cocu ! Cocu ! Cocu ! Cu !

Mais il sauta les gosses, Robert l'apprenti mécanicien et

Eugène-Marie. Et il ne fit que désigner rapidement du doigt, sans s'attarder et en lançant *cocu* négligemment, comme en passant, le vieux Victor-Emmanuel Servoz et le grand Madru ; on ne reprit pas le refrain à leur sujet.

Quand arriva le tour de Michel Favart, un grand silence se fit. Chacun se demandait comment le binoclard allait prendre la plaisanterie.

— Cocu ! cria Victorien Fleuri.

— Cocu ! cocu ! cocu ! cria presque toute la noce.

— Cocu ! hurla Victorien Fleuri, en touchant du doigt le creux de l'estomac du binoclard.

— Debout ! debout ! cria Emilienne, femme de Victorien Fleuri.

— Debout ! debout ! cria plus fort Rose, femme d'Etienne le policier.

— Debout ! debout ! debout ! hurla presque toute la noce.

Michel Favart se leva, un verre de champagne à la main. Un sourire forcé tordait sa bouche et découvrait trois molaires en or. Le binocle tremblait sur l'aile du nez.

— Cocu ! clama Victorien.

— Cocu ! cocu ! cocu ! cu ! proclama toute la noce ; cocu ! cocu ! cocu ! cu ! répétèrent les échos de la rue Pétrarque, de la rue Scheffer et de la rue des Réservoirs ; cocu ! cocu ! cocu ! cu ! répétèrent plus doucement les échos de la maison aux cariatides.

Michel Favart vida la coupe de champagne et la posa sur la table. Puis il retira ses binocles. Il resta debout. Il tenait les binocles à bout de bras. Il promena sur l'assemblée son regard de myope. Eugénie Favart, sa mère, droite sur sa chaise, détourna la tête.

— Cocu ! dit-il.

Il se fit un grand silence.

— Cocu ! cu ! cria-t-il.

Puis on entendit le binocle, qu'il avait laissé tomber, qui

rebondissait sur le plancher et dont un verre claqua avec un petit bruit sec.

Le frisson de la honte secoua Eugène-Marie de la nuque jusqu'au creux des reins, qu'il glaça. Il se mit à trembler.

— Bravo! hurla Emilienne.

— Un ban pour le binoclard, cria Rose.

— Un, deux, trois, dit Victorien Fleuri.

Et presque toute la noce battit le ban.

Il ne restait plus qu'au marié à être désigné comme cocu; il s'associa au chœur, puis répéta: « Cocu! cocu! cocu! cu! » en se frappant sur la poitrine. La *Ronde des Cocus* se termina dans un gigantesque éclat de rire, suivi d'un triple ban battu en l'honneur du mari cocu.

— Cocu, cocu, cocu, cu, répétait encore la mariée, en lui touchant les bosses du front.

Et il riait. Et elle riait jusqu'à la pâmoison, tant et si bien et si fort, que les brides ajourées de sa robe de mariée glissaient, glissaient et découvraient à chaque soubresaut un peu plus de ses blanches épaules et de sa blanche gorge.

« Les voilà les Gaulois, murmurait Eugène-Marie, entre ses dents crispées. La voilà donc la bonne vieille gaieté gauloise. Canailles, crapules, je vous crache à la gueule. J'ai honte d'être français. Malheur à moi que les Allemands n'aient pas gagné la guerre. Vite une escouade de Prussiens, pour faire taire toute cette racaille à coups de crosse dans les reins... »

Ainsi délirait-il, dans la solitude de son bout de table, entre Clémence l'édentée et Marcelle l'espiègle, qui, sous prétexte de resserrer le nœud de la cravate de batik de Dédé, était en train de l'étrangler.

Marchand, tu es nègre, se récitait Eugène-Marie avec ferveur; *magistrat, tu es nègre; général, tu es nègre; empereur, vieille démangeaison, tu es nègre: tu as bu d'une liqueur non taxée, de la fabrique de Satan. Ce peuple est inspiré par la fièvre et le cancer. Infirmes et vieillards sont tellement respectables qu'ils demandent à être bouillis.*

« Les Prussiens sont battus, se disait-il. Nous leur avons pris l'Alsace et la Lorraine. Mais il reste les nègres, les vrais nègres, même ceux d'aujourd'hui ont gardé quelque chose de la verdeur primitive. J'irai en Afrique comme Rimbaud, je fonderai un royaume comme lui, et je reviendrai à la tête de mes nègres mettre le feu à Paris et étouffer les *cocus* de ces bâtards dans le sang de leur gorge ouverte. »

Cependant la situation se modifiait rapidement dans le voisinage d'Eugène-Marie. Ce bout de table n'avait que peu participé aux rites du banquet nuptial. Ni Madru, ni Victor-Emmanuel Servoz, ni la vieille Clémence n'avaient joint leurs voix à la *Ronde des Cocus*. Marcelle ne s'était associée qu'aux bans, et Dédé le dessinateur n'avait participé qu'aux premiers refrains, puis s'était vite retourné vers la jeune fille. Seule Mélanie Rolland-Favart avait crié tous les *cocus* avec une jubilation croissante.

Maintenant Dédé racontait sa vie et c'était contre lui que se retournait la malice de Marcelle.

— Moi, disait-il, je peux aller à l'usine habillé comme vous me voyez là. Derrière une table à dessin, on ne se salit pas comme derrière une machine. En un sens, j'appartiens déjà aux cadres...

— Vous n'aimez pas vous salir.

— Il faut savoir se tenir.

— C'est bien ce que je pense...

Elle lui fit une grimace et se retourna vers Eugène-Marie.

— Vous n'êtes pas bavard, dit-elle.

Eugène-Marie regardait fixement Victorien Fleuri qui,

sa serviette nouée sur la tête en turban et frappant en cadence sur sa bouche ouverte en cul de poule, faisait une danse du ventre.

— Il ne sera jamais un vrai nègre, dit Eugène-Marie.

— Vous savez faire le nègre, vous? demanda Marcelle.

— Si j'étais nègre, je l'empalerais. Je le vois gigoter au bout du pal. Ses braiments prendraient un ton naturel.

Un grand rire secoua Marcelle. Elle mit la main sur la main d'Eugène-Marie.

— T'es un gosse marrant, dit-elle.

Il se tourna vers elle. Les pointes des seins gonflaient le corsage blanc trop étroit. Ses yeux restèrent fixés sur le corsage, et il fut ému jusqu'au souffle coupé. Elle s'en aperçut, elle le regardait. Il releva la tête et rencontra ses yeux; elle sourit gentiment; elle vit que son visage était blanc. Elle pressa doucement sa main et rapprocha sa chaise d'un rien, mais leurs genoux se touchèrent. Il pressa son genou, elle répondit. Et ils restèrent un long moment silencieux, genou contre genou, la main de Marcelle sur la main d'Eugène-Marie et leurs souffles égaux. Le regard d'Eugène-Marie prit une expression éperdue et il pressa le genou de la jeune fille d'une grande poussée passionnée.

— Ttt! Ttt!... fit-elle.

Elle retira la main et écarta doucement le genou d'Eugène-Marie.

— Regarde... dit-elle.

Et elle lui prit la tête entre les mains, pour l'obliger à tourner ses yeux de l'autre côté. Clémence s'était endormie, le menton affaissé sur la poitrine creuse.

Eugène-Marie rit poliment.

— Elle ronfle, insista Marcelle.

Eugène-Marie se pencha et souffla sur le front de la vieille.

— Laisse-la dormir tranquille, dit Marcelle.

Eugène-Marie se redressa, et les voilà assis côte à côte sans que ni leurs mains, ni leurs genoux, ni leurs yeux ne se rencontrent plus. Eugène-Marie voudrait trouver quelque chose à dire tout de suite à Marcelle. Dédé le dessinateur de chez Citroën, du temps qu'il était dans les bonnes grâces de la manutentionnaire, savait toujours faire rebondir la conversation ; il inventait des calembours, il racontait des histoires, il se vantait, il ricanait, mais il ne restait jamais à court ; « mais moi, plus je cherche moins je trouve, c'est comme dans les rêves, quand je grimpe l'escalier, je grimpe, je grimpe, mais les marches se dérobent à mesure et je descends au lieu de monter. Je ne trouverai rien à lui dire, je ne trouverai rien à lui dire. Il faut que je la revoie ce soir. Je me serai ressaisi ce soir. J'ai d'ordinaire plus d'aisance, après la tombée de la nuit. »

— Viendrez-vous au théâtre ce soir ? demanda-t-il.

Il avait été décidé qu'au début de la soirée la noce se scinderait : les mariés, leurs mères, Michel et Victoria iraient entendre les *Cloches de Corneville* à l'Opéra-Comique. Un autre groupe, sous la conduite de Victorien Fleuri, monterait à Montmartre écouter les chansonniers de la Lune-Rousse. Eugène-Marie avait été inscrit d'office pour les *Cloches de Corneville*. Les places étaient louées.

— Non ! répondit Marcelle. Madru et sa femme m'ont invitée à passer la soirée avec eux.

— Je vais demander à Madru qu'il m'invite avec vous, dit résolument Eugène-Marie.

— Quel drôle de môme tu fais, dit Marcelle.

Et elle rit.

Mais déjà les convives se levaient et il fallut réveiller Clémence, parce qu'on allait pousser les tables contre les murs.

Des cousins de Savoie avaient apporté l'un un accordéon, l'autre un violon. On leur fit de deux tables rapprochées une sorte d'estrade.

Les mariés ouvrirent la sauterie. Puis Eugénie Favart et Victor-Emmanuel Servoz dansèrent une valse, à quoi on applaudit respectueusement. Puis l'orchestre joua pour les jeunes un fox-trot, et vingt couples aussitôt piétinèrent les planches de l'atelier, soulevant un nuage de poussière. Michel et Victoria Favart partirent pour « se reposer un moment chez mère ». Madru fit danser sa femme, puis sa belle-sœur, Lucie, la mariée.

— Tu me fais danser? demanda Marcelle à Eugène-Marie.

— Je ne sais pas danser, dit Eugène-Marie.

— Essayons, dit Marcelle.

Il l'enlaça, ils firent trois pas, et il lui écrasa le pied.

— Pardon, dit-il.

— Laisse-toi aller, dit-elle. Ces danses-là ne sont pas difficiles, c'est comme si on marchait.

Il marcha, en la poussant résolument devant lui. Arrivé contre le mur, il fit demi-tour, en la soulevant dans ses bras, puis il la poussa résolument jusqu'à l'autre mur. Marcelle s'était mise à siffler l'air que jouaient l'accordéon et le violon.

— Ecoute donc, dit-elle, et elle siffla un peu plus fort.

Il lui fit faire un nouveau demi-tour et la lança pour la troisième fois dans la traversée de l'atelier.

— Ecoute, dit-elle. Il faut marcher en rythme.

Il essaya de saisir le rythme, mais le rythme s'enfuyait chaque fois qu'Eugène-Marie croyait le saisir, il courut après sans plus rien voir et jeta Marcelle dans un autre couple.

— Pardon, dit Eugène-Marie.

— Vous m'avez déchiré mon bas, protesta la jeune fille de l'autre couple.

— Je vous demande pardon, répéta Eugène-Marie.

La jeune fille haussa les épaules.

— Laisse-moi conduire, dit Marcelle.

Elle l'enlaça et entreprit de le diriger. Mais il reculait le pied trop tôt ou trop tard, leurs jambes s'emmêlaient et ils trébuchèrent trois fois de suite. Marcelle stoppa.

— Il faudra que tu apprennes à danser, dit-elle.

— Je suis désolé, dit-il.

— C'est facile. Tu verras. Ça vient tout seul...

Puis elle se laissa inviter par Dédé le dessinateur.

Eugène-Marie alla s'appuyer contre le mur de l'atelier, près du buffet dressé sur les tréteaux. Il était en sueur et congestionné, il s'essuya le visage et son mouchoir fut trempé en un instant. Victorien Fleuri, qui se dirigeait vers le buffet, s'arrêta au passage devant le garçon :

— Je vois, dit-il, qu'on aime la danse. Ça donne chaud le frotti-frotta, pas vrai ?

— Hé ! hé ! fit Eugène-Marie.

— Tu la tenais serrée, la môme Marcelle...

Victorien fit un geste obscène, accompagné d'un clin d'œil. Puis il se pencha vers Eugène-Marie, et baissant le ton avec affectation :

— Essaie de semer tes parents ce soir, je t'emmènerai au boxon.

— D'accord, dit Eugène-Marie.

— Ça n'a pas l'air de te faire peur d'aller au boxon...

— Ce ne sera pas la première fois.

Etienne le policier avait rejoint Victorien.

— Le petit Favart est plus affranchi que son père, lui dit Victorien.

— Je l'emmènerai au *One Two Two,* dit Etienne, je suis en cheville avec la patronne...

— On lui fera donner la négresse.

— A cet âge-là, pourvu qu'on ait une femme dans les bras, on ne regarde pas la couleur de sa peau.

— S'il a le sang aussi chaud que son grand-père le défroqué !

Les deux hommes s'éloignaient en titubant vers le buffet. Eugène-Marie entendit encore :

— A mon avis, il ressemble davantage au défroqué qu'au binoclard.

— Le petit, dit Etienne le policier, a exactement le même faciès que Favart le défroqué.

Eugène-Marie alla vers sa grand-mère, qui se tenait bien droite sur sa chaise, juste au centre de la cloison opposée à l'estrade, face aux musiciens. Il s'assit près d'elle.

— En quelle année as-tu connu grand-père Favart ? demanda-t-il.

— En 73, quand ton grand-père se remettait de ses blessures de la guerre de 70.

Eugénie Favart connaissait peu son petit-fils, qui avait toujours vécu en province. Elle éprouvait un certain penchant pour lui, parce que, robuste et large d'épaules, il avait la démarche lourde et un peu gauche des jeunes gens de sa montagne ; elle regrettait qu'il ne fût pas plus grand, c'était l'effet du sang auvergnat du grand-père Godichaux ; mais le sang savoyard paraissait pourtant l'avoir emporté. Eugène-Marie multiplia les questions. Eugénie répondit volontiers. A Reims, on ne parlait jamais devant lui des histoires de sa famille, pour de multiples raisons, dont la principale était que toute allusion à la Savoie irritait sa mère.

Les Favart et les Lajoux (Eugénie était née Lajoux) habitent depuis des temps immémoriaux deux hautes vallées, qui ne sont séparées que par une montagne et dont les torrents confluent à une dizaine de kilomètres en aval, à l'entrée d'un gros bourg, chef-lieu de canton depuis que la Savoie a été rattachée à la France.

Pour des raisons historiques, qu'Eugène-Marie essaiera

plus tard d'élucider, et aussi sans doute à cause d'un peuplement différent, comme il arrive souvent dans les massifs montagneux, dont les hautes vallées ont servi tour à tour de refuge aux persécutés et aux insoumis des régions plates, le village des Favart a toujours été *blanc,* et *rouge* celui des Lajoux. Depuis toujours, les jeunes gens des deux villages, chaque dimanche, échangent des coups dans les sentiers de la montagne qui les sépare, les uns pour défendre la tradition, les autres le progrès, dont les noms changent selon les époques. Aujourd'hui encore, les enfants de la vallée des Favart ne fréquentent que l'école libre, et ceux de la vallée des Lajoux que l'école laïque.

Petits propriétaires, les Favart, comme les Lajoux, vivaient pauvrement des produits de l'élevage et de maigres cultures. Avant la création des variétés précoces, le blé ne mûrissait pas à ces hauteurs. La culture de l'avoine demeure aujourd'hui encore impossible. Jusqu'à la guerre de 1914, la nourriture de base demeura, comme au Piémont, la polenta, galette de maïs.

François Favart était le plus jeune fils d'une famille de douze enfants. C'était une tradition chez les Favart que les cadets se consacrassent au service de Dieu. La sœur cadette de François prononça ses vœux dans l'Ordre de Saint-François-Xavier et mourut de la peste en 1883, aux Indes, qu'elle évangélisait. François entra au petit séminaire d'Annecy en 1863, à l'âge de douze ans. Quand éclata la guerre de 1870, il était au grand séminaire.

— Mais ton grand-père était trop intelligent pour accepter sans discuter tout ce que lui enseignaient les prêtres. Il était mal noté. On le considérait comme une mauvaise tête. Il s'échappa du séminaire et s'engagea dans l'armée de l'empereur Napoléon pour combattre les Prussiens...

Les musiciens jouèrent un charleston et tous les jeunes se mirent à sauter en cadence.

— Ton grand-père, continuait Eugénie Favart, prit rapidement du galon. Il était maréchal des logis quand commença le siège de Paris et lieutenant quand Thiers vendit Paris aux Prussiens. Il fut de ceux qui n'acceptèrent pas la trahison et commanda un bataillon de communards. Il reçut une balle dans la poitrine, près de la porte du Point-du-Jour, quand les versaillais entrèrent dans Paris. Un de ses hommes le transporta pendant la nuit chez des Savoyards de Billancourt, qui le cachèrent dans une cave et le soignèrent. Six mois plus tard, il revint au pays avec un groupe de ramoneurs et de montreurs de marmotte. Mais il n'alla pas chez lui, car les Favart étaient pour les versaillais. Les Lajoux, au contraire, avaient fait des vœux pour les communards. Mon beau-frère Servoz cacha François dans un chalet de la montagne où les Servoz mènent leurs vaches pendant la belle saison et qui touche à notre montagne ; c'est là que je fis connaissance de ton grand-père, au printemps 1872. D'une montagne à l'autre on s'observe toute la journée, on n'a rien d'autre à faire. Je me demandais quel était ce nouveau vacher qu'avaient engagé les Servoz, qui lisait toute la journée.

On vient chercher Eugénie Favart pour arbitrer un différend qui vient de surgir dans la resserre qui sert d'office. Eugène-Marie reste seul. Mais il n'a pas le temps de réfléchir à la jeunesse romanesque de son grand-père. Marcelle la manutentionnaire et Dédé le dessinateur de chez Citroën viennent de se séparer brusquement au milieu d'une danse. Ils se tiennent face à face. « Elle a la cheville épaisse, les fesses basses, pas de taille et de petits yeux », détaille depuis sa chaise Eugène-Marie. La jeune fille sourit moqueusement et Dédé le dessinateur semble mal prendre la plaisanterie. Elle lui lance un mot, qu'Eugène-Marie ne peut pas saisir dans le vacarme de

l'orchestre, et s'enfuit en riant. Dédé court derrière elle.
Elle s'assied à côté d'Eugène-Marie, sur la chaise que
vient d'abandonner Eugénie Favart. Dédé arrive:

— T'as fini de me faire des charres? demande-t-il
méchamment.

Elle pose la main sur l'épaule d'Eugène-Marie:

— Je reste avec mon cavalier, dit-elle.

— Suffit! dit Dédé, qui la tire violemment par le bras.

Elle se dégage d'une secousse:

— Fous-moi la paix, dit-elle.

— Ne me fais pas d'affront, dit-il. Finis la danse avec
moi.

Eugène-Marie s'est levé:

— Fous-lui la paix, dit-il à Dédé.

— Quoi? dit Dédé, qu'est-ce que c'est? Retourne dans
les jupes de ta mère, fausse couche!

D'une seule main, Eugène-Marie saisit Dédé par les
revers de son veston, l'attire vivement vers lui, puis le
projette en avant et lâche. Dédé fait quatre pas en arrière,
en perdant l'équilibre, et il se serait assis sur les fesses, s'il
n'avait rencontré dans son recul un couple de danseurs,
qui le reçoivent entre les bras.

Eugène-Marie ferme les poings, carre les épaules et
baisse la tête.

— Qu'est-ce qui vous prend? dit Dédé, mais regardez
donc, qu'est-ce qui lui prend?

Mais Eugène-Marie est déjà sur lui. Il le ressaisit par les
revers du veston et l'arrache violemment au couple, qui se
disjoint et s'écarte. Les autres danseurs cessent de danser
et font cercle. Eugène-Marie place Dédé en face de lui, le
lâche, et prend sa distance.

— Qu'est-ce que je vous ai fait? crie Dédé.

Eugène-Marie frappe un crochet du droit dans les côtes.
Dédé vacille. Eugène-Marie le redresse d'un crochet du
gauche et avance d'un pas. Dédé recule d'un pas.

Eugène-Marie lance un crochet du droit. Dédé pare du coude gauche et frappe du poing droit un direct au visage, qu'il double aussitôt. Eugène-Marie saigne du nez.

— Tue-le! crie Emilienne, femme de Victorien.

— Tue-le! crie Rose la femme du policier.

Mais Eugène-Marie baisse la tête et fonce en avant. Un crochet du droit, un crochet du gauche, il cherche le corps, un direct du droit à l'estomac, un crochet du gauche, un crochet du droit, un direct du gauche à l'estomac. Tous les coups portent. Dédé recule en battant l'air de ses poings inefficaces. Dédé tente un uppercut, qu'Eugène-Marie esquive, dans l'instant où le poing lui frôle le menton. Dédé est sur le seuil de l'atelier, le dos à la cour. Eugène-Marie réplique à l'uppercut par un direct du gauche au foie. Dédé bascule dans la cour et se tord sur le pavé en gémissant.

Eugène-Marie est sur le seuil, les épaules en arrière, les bras écartés, les poings fermés. Il a du sang sur la bouche et sur le menton.

— Sale petite tante! dit-il.

Pourquoi a-t-il dit *sale petite tante,* il se le demandera longtemps. Il connaît la signification argotique du mot *tante,* mais il ne s'est jamais posé de problème à ce sujet et n'éprouve ni haine, ni attirance, ni mépris, ni tendresse pour les invertis. Il a dû entendre dire *sale petite tante* au cours d'une dispute dans la cour du lycée et il n'y a pas attaché particulièrement d'importance. Et maintenant l'injure s'est formée spontanément en lui et est sortie toute seule de sa bouche. Il a donc crié:

— Sale petite tante! en regardant Dédé qui se traîne dans la poussière de la cour.

Les femmes se précipitent pour soigner Dédé. Eugène-Marie essuie du revers de la main le sang qui coule sur sa bouche. Puis il traverse l'atelier à pas lents, jusqu'au buffet. On s'écarte sur son passage. Il se sert un verre de calvados, et le boit d'un trait. Alors ses yeux rencontrent les visages de Madru et de Servoz qui, du fond de l'atelier, le regardent avec un sourire bienveillant.

Eugène-Marie, sans plus lever les yeux sur personne, gagne la rue, fait trois pas, s'arrête et se repose, dos appuyé au mur, face à la maison aux cariatides. Les muscles, les nerfs, qui s'étaient noués au cours du repas de noce et noués d'un double nœud quand il avait, en dansant avec Marcelle, vainement essayé de saisir le rythme qui se dérobait sans cesse, sont maintenant détendus. Il se sent merveilleusement à l'aise dans son corps. Il respire largement. Il est heureux.

Il lève les yeux et voit Marcelle debout près de lui. Là-bas le violon et l'accordéon jouent un tango.

— Viens faire un tour, dit-il.

— Si tu veux, répond Marcelle

Ils descendent côte à côte la rue Scheffer, sans parler, les bras ballants. Ils tournent dans la rue Franklin, et passent sans tourner la tête devant le magasin d'antiquités d'Eugénie Favart. Ils attendent le passage du tramway n° 12, Auteuil-Madeleine, pour traverser la rue Franklin. Ils entrent dans le jardin du Trocadéro, par la petite porte qui fait le coin de la rue. Ils descendent l'escalier de rocaille qui mène à la rivière artificielle. Ils franchissent le pont rustique. Ils ne disent toujours rien. Ils atteignent l'allée cavalière qui longe l'aile occidentale du palais du Trocadéro et qui est peu fréquentée, parce qu'elle se termine en impasse, contre une saillie du bâtiment principal, près de la place du Trocadéro. Ils longent lentement l'arc de cercle que décrit l'aile occidentale du palais, en contrebas de la rue Franklin. Ils approchent de la saillie du bâtiment principal. Eugène-Marie ralentit le pas, il n'y a pas un seul promeneur.

Marcelle se retourne, le dos au mur du palais du Trocadéro. Eugène-Marie avance, et la serre contre la muraille. Il pose gauchement les mains sur les épaules de la jeune fille. Il la presse contre la muraille. Puis il lui prend les lèvres. C'est la première fois de sa vie qu'il embrasse la bouche d'une femme. Sa joie est si violente que ses jambes tremblent et se dérobent. Il ne serre plus la jeune fille, mais il se laisse aller contre elle. Elle le soutient, en l'écartant doucement.

— Il faut retourner là-bas, dit-elle, on va se demander ce que nous sommes devenus.

Ils retournèrent rue Pétrarque par le même chemin.

— Où Madru vous emmène-t-il ce soir? demanda Eugène-Marie.

— A une réunion publique au Vel' d'Hiv.

— Une réunion politique?

— Un meeting populaire pour réclamer la libération de Marty et des marins de la mer Noire.

— Tu es communiste? demanda Eugène-Marie.

— Non! répondit Marcelle, je ne fais pas de politique. Mais Madru est communiste. C'était un des dirigeants du syndicat des cheminots au moment de la grève de 1920. C'est un militant. Il parle dans les réunions publiques et colle des affiches la nuit. Il a déjà été plusieurs fois en prison.

— Si tu ne fais pas de politique, pourquoi l'accompagnes-tu à ce meeting?

— Plus nombreux on va à un meeting, mieux c'est, répondit Marcelle.

— Qu'est-ce que ça peut bien te faire?

— Je suis ouvrière. Mon père et ma mère, mes frères et mes sœurs, sauf Rose, sont ouvriers. Mes grands-parents étaient ouvriers. Il est naturel que j'aide comme je peux les défenseurs de la classe ouvrière.

— Et ta sœur Rose?

— En épousant un flic, elle a trahi la classe ouvrière.

— Ça fait drôle de t'entendre dire « la classe ouvrière ».

— C'est comme cela qu'on dit.

— Mon oncle Lucien aussi défend la classe ouvrière, dit Eugène-Marie.

— Non! dit Marcelle. Ton oncle est socialiste.

— Communiste ou socialiste, c'est du pareil au même, répondit Eugène-Marie, qui lisait de temps en temps le *Matin,* que son père achetait tous les jours. Ils ne sont séparés que depuis le Congrès de Nantes...

— Le Congrès de Tours, rectifia Marcelle.

— Et ils professent la même doctrine.

— Ce n'est pas la même chose, dit fermement Marcelle. Je ne saurais pas bien t'expliquer. Il faudra demander à Madru. Mais ça se sent aussi. Moi, je sais reconnaître tout de suite un socialiste d'un communiste, rien qu'à son air et à sa façon de parler. Ton oncle et Victorien Fleuri sont socialistes, Madru est communiste ; tu vois la différence?

— Tu crois que Madru me laissera vous accompagner ce soir?

— Sûrement. Plus nombreux nous serons... Mais il vaudrait mieux que tu changes d'abord de costume.

— J'ai l'air d'un bourgeois? demanda-t-il.

— Ça n'aurait pas d'importance, dit-elle. Non! Ce n'est pas cela...

Elle l'examina.

— ... Non, reprit-elle, tu n'as pas l'air d'un bourgeois. Les bourgeois ne s'habillent pas comme ça. Ne te vexe pas, mais je vais te dire, puisque tu as employé le mot tout à l'heure, à Paris, ce sont les *tantes* qui se font faire des costumes comme le tien. Alors, ça la fiche mal d'avoir l'air d'emmener une *tante* dans un meeting...

Eugène-Marie rougit.

— Ce n'est pas de ta faute, dit Marcelle. Je pense qu'à Reims, on ne sait pas comment s'habillent les *tantes*.

Ils avaient rejoint la rue Pétrarque. Ils se séparèrent sur le seuil de l'atelier. Marcelle alla rejoindre ses amies les repasseuses et Eugène-Marie le buffet, où il but solitairement son second calvados de la journée. La sauterie s'achevait. Les apéritifs s'étaient ajoutés aux liqueurs, et personne ne fit attention à lui. Dédé le dessinateur n'était plus là.

Avant d'aller rejoindre ses parents, dans l'appartement de sa grand-mère, il s'approcha de Marcelle.

— Mon grand-père était communard, lui dit-il dans l'oreille.

Eugène-Marie n'eut le courage ni d'affronter Madru dans son « costume de tante », ni d'annoncer à sa mère qu'il avait décidé de ne pas l'accompagner au théâtre, mais de passer la soirée à un meeting communiste.

Il alla donc à l'Opéra-Comique écouter les *Cloches de Corneville*. Il ne vit ni n'entendit grand-chose du spectacle. Marcelle fut l'unique objet de ses pensées. Entre le début et la fin du repas de midi, elle l'avait d'abord glacé par sa froideur, puis la rencontre de leurs mains et de leurs genoux lui avait fait entrevoir qu'elle était accessible ; elle l'avait ensuite désespéré en dansant avec Dédé le dessinateur, puis elle lui avait rendu tous les espoirs par le baiser dans les jardins du Trocadéro. Etc... etc... Les romanciers français ont excellé à décrire la naissance des passions. S'il plaît au lecteur d'imaginer quelles furent les pensées de l'adolescent, après une journée si pleine de péripéties, qu'il mette son héros favori à la place du mien...

Eugène-Marie tenait régulièrement son journal intime. Mais pour éviter de tomber dans la mièvrerie, qu'il estimait inséparable du genre, il se bornait à énumérer brièvement, sur un agenda, les événements essentiels de la journée et, en deux mots, les pensées et les résolutions qu'ils avaient éveillées en lui. Il n'appelait pas son carnet mon journal, mais le mémorandum.

En rentrant cette nuit-là, à une heure, dans sa chambre, chez les Dominguez, il écrivit, à la date du 30 mai 1923 :

Mariage de Lucien Favart et de Lucie Fleuri.
1° Marcelle !!!
2° Mon grand-père Favart séminariste puis communard.
3° Ma grand-mère Favart est une femme de fer, a dit le docteur Dominguez, condamné à mort en Espagne.
4° La politique joue un rôle beaucoup plus grand que je ne croyais dans la vie des hommes. Etudier la différence entre socialistes et communistes.
5° Je hais les gauloiseries et 90 % des Français. Préparer l'Ecole coloniale. Aller en Afrique.
6° Il n'est pire douleur que le sentiment de la honte.

Suivait un grand espace blanc, puis :

Si je suis un homme, j'aurai Marcelle demain. (Dans la chambre du quatrième ?)

Cette dernière phrase soulignée trois fois.

VII

Le programme de la seconde journée des noces de
Lucien Favart et de Lucie Fleuri avait été ainsi réglé :
quartier libre le matin ; bal à partir de trois heures dans
l'atelier des repasseuses, avec cette fois un véritable
orchestre, on devait même amener un piano. A neuf
heures, dîner de clôture offert par les Fleuri.

Eugène-Marie se réveilla tôt, mais s'attarda au lit, tout
entier occupé à dresser des plans pour *avoir* Marcelle dans
la journée. Il devait repartir le lendemain pour Reims.

A neuf heures, son oncle Lucien, le marié, entra dans sa
chambre (chez les Dominguez).

— Je viens te chercher, dit-il.

— Où m'emmènes-tu ? demanda Eugène-Marie.

— Au marché aux puces.

— Ce matin ?

— Pourquoi pas ce matin ?

Lucien Favart fit le mouvement, qui lui était familier,
de lever les épaules, d'abord la gauche, puis la droite,
comme pour se débarrasser d'un sac.

— Lucie et moi, dit-il, il y a longtemps que nous
sommes déjà mariés, à la mairie du vingt et unième.

Il dit cela si sérieusement qu'il fallut un moment à
Eugène-Marie, et calculer d'abord qu'il n'y a que vingt
arrondissements dans Paris, pour comprendre que son
oncle venait de plaisanter. Le dialecte parisien est riche en
métaphores tirées de l'état civil. Mourir dans cette ville,

où vécurent tant de juristes, c'est « ravaler son bulletin de naissance ».

— J'ai pensé, continua Lucien Favart, que ça t'amuserait de m'accompagner au marché aux puces. Nous trouverons peut-être des bricoles pour le magasin de mère...

Eugène-Marie fut tout de suite prêt. Comme ils sortaient de la chambre, une porte s'ouvrit au fond du couloir.

— Viens voir, cria Domenica.

Il alla jusqu'à la porte entrouverte.

— Le monde, dit Domenica, n'a pu être fait que par un Etre infiniment puissant, infiniment bon et infiniment aimable. Donc Dieu existe.

— Si Dieu était infiniment bon, répondit Eugène-Marie, ton père ne serait pas en prison et je n'aurais pas souffert toute la journée d'hier comme un damné, parce que je suis l'homme le plus seul dans le monde. Donc, Dieu n'existe pas.

— Tu as réponse à tout, dit la fillette.

Il alla rejoindre son oncle, qui attendait sur le palier. Domenica courut derrière lui et le rattrapa près de la porte. Elle lui demanda dans l'oreille :

— C'est ta maîtresse qui descendait avec toi la rue Scheffer, hier après-midi, à cinq heures ?

— Oui, répondit-il. Elle s'appelle Marcelle. C'est une fille épatante.

— Ce qu'elle est moche, dit Domenica.

— Au premier abord peut-être. Mais c'est dans la passion qu'il faut la voir !

Il fila.

Tandis qu'ils gagnaient la place du Trocadéro, son oncle lui parla commerce : un vase de Sarreguemines bleu et or, acheté quarante sous aux puces, se revendait facilement quarante francs dans le magasin d'antiquités. Puis, soudain :

— Qu'est-ce que ton père reproche à Lucie ?

— C'était plutôt maman qui ne voulait pas venir au mariage, répondit Eugène-Marie.

— Lucie, dit Lucien, n'est ni meilleure ni pire qu'une autre.

— Maman n'a rien contre ta femme, dit Eugène-Marie. Au fond elle ne la connaît pas.

— Toutes les femmes se ressemblent, dit Lucien, toutes les femmes se valent.

— Moi, tu sais, dit vivement Eugène-Marie, je m'en moque.

Ils marchèrent un moment en silence.

— Au nom de quoi, demanda soudain Lucien, ta mère se croit-elle le droit de juger les autres ? Elle a quitté la maison de son père, qui avait encore de l'argent, pour se marier avec mon frère, qui avait déjà une situation. Elle ne sait rien de la vie des hommes, et même si elle avait du cœur, elle serait incapable de sentir avec les tripes d'un gars qui vient de faire la queue pour s'inscrire au chômage. Elle ne sait rien de la vie des femmes et même si elle en avait la bonne volonté, elle serait incapable de se mettre dans la peau d'une fille qui va faire un môme, dont elle ne sait pas au juste quel est le père. Qu'est-ce qu'elle peut bien comprendre à Lucie ?

— Ça n'a pas d'importance, dit Eugène-Marie. Elle ne t'a pas empêché de faire ce que tu as voulu.

— Je ne fais jamais ce que je veux.

— C'est bien toi qui as voulu épouser Lucie ?

— Même pas.

— Tu n'aimes pas Lucie ?

— Non.

Ils marchèrent en silence jusqu'au tramway n° 5, Trocadéro-Nation. Une fois dans le tramway :

— Moi, dit Eugène-Marie, j'ai décidé de faire dans la vie tout ce que je veux et rien que ce que je veux.

— Moi aussi, dit l'oncle, j'avais décidé cela... et je voulais beaucoup de choses, je voulais libérer la classe ouvrière. C'est mon père, ton grand-père François Favart, le communard, qui m'avait appris à être ambitieux pour les autres et pour moi-même. Il m'emmenait applaudir Jules Guesde et Jaurès, qui étaient ses amis, et qui venaient parfois à la maison...

— Grand-père aussi parlait dans les réunions publiques ? interrompit Eugène-Marie.

— Non. Il ne s'était jamais remis complètement de sa blessure de la Commune. Il ne sortait guère de chez lui. Il se contentait de semer des espoirs déraisonnables dans le cœur de ceux qui l'entouraient. Je m'étais inscrit à la Jeune Garde et je faisais le coup de poing contre les Camelots du Roi. Je chantais : *Prenez garde, prenez garde, voilà la Jeune Garde, c'est la lutte finale qui commence...*

» Le service militaire venait d'être porté à trois ans. J'ai été appelé en 1911, j'aurais dû être libéré en octobre 14 ; sur les trois années de mon service, j'en avais passé plus d'une en prison, et je terminais soldat de deuxième classe, comme j'avais commencé : j'étais un antimilitariste et un pacifiste conséquent. Résultat : un gouvernement, auquel participent les socialistes, que j'admirais et qui m'avaient enseigné les principes pour la défense desquels je venais de me faire brimer pendant trois ans, m'envoie me battre, contre de braves types d'Allemands, qui ne m'ont jamais rien fait, et dont beaucoup sont victimes de la même escroquerie. Cette fois, ça a duré cinq ans et je ne m'en suis tiré que parce que je me suis planqué chaque fois que j'ai pu.

— Alors, tu n'es plus socialiste ?

— Qu'ils aillent se faire casser la gueule à leur tour. J'espère que, s'ils vont se frotter aux Russes, il n'en reviendra pas un seul.

— Tu es devenu communiste ?

— Non. Maintenant je fais comme tout le monde : je me défends... je me défends mal. Après huit ans de vie militaire, on n'est plus bon à grand-chose.

— C'est vrai que tu vends dans les marchés ?

— Je bricole. L'après-midi, je vais dans les ventes, chercher des occasions pour le magasin de mère. Le matin, j'installe mes tréteaux dans les grands marchés de la banlieue.

— Qu'est-ce que tu vends ?

— Des soldats de plomb, des sabres de bois, des carabines à air comprimé et des pistolets de fer-blanc. Les armes de pacotille, c'est ma seule spécialité. Je ne peux me vanter que d'une chose, c'est qu'en cinq ans de guerre je n'ai jamais tiré qu'en l'air.

— Si j'avais eu tes idées, dit Eugène-Marie, j'aurais tiré sur mes officiers, et puis j'aurais déserté.

— On dit ça. *Et nos balles seront pour nos propres généraux.* Mes généraux à moi, c'étaient les grands chefs du socialisme français. Logiquement, c'est sur ceux d'entre eux qui m'avaient trahi que j'aurais dû tirer. Mais la trahison des siens ne donne pas de cœur, même pour s'en venger ; elle dégoûte de soi-même autant que des autres.

— Tu ne feras plus jamais de politique ?

— Quand je serai encore un peu plus avachi, je me déciderai peut-être à retourner au parti socialiste. La trahison, c'est la façon la plus lucrative de se défendre.

Une jeune fille s'était assise en face d'eux, sur une banquette de bois du tramway n° 5, deuxième classe, l'œil marron vif et mobile et une jolie fossette au coin de la bouche. Mais de grosses mains rouges, des bas de fil et des chaussures éculées. Elle se leva pour descendre rue de Rome.

— Elle est bien roulée, dit l'oncle Lucien.

— Oui, répondit distraitement Eugène-Marie.

— Tu n'aimes pas ce genre-là, dit Lucien. Je vois. Tu fréquentes les sœurs de tes camarades, les jeunes filles qui jouent au tennis. Ou bien leurs mamans. Et puis des poules de bar, qui portent des bas de soie...

— Oh! non, protesta Eugène-Marie. J'aime...

Il allait dire : « J'aime Marcelle », mais il fut retenu par la crainte du ridicule.

— ... J'aime, dit-il, les filles bien roulées.

— Les filles, dit l'oncle, c'est tout ce qui me reste.

— Alors, c'est vrai que tu n'aimes pas Lucie ? demanda Eugène-Marie.

— Je l'ai fréquentée pendant un an après ma démobilisation. Et puis, par la suite, une fois de temps en temps. Mais elle avait d'autres amis et moi j'en fréquentais une autre.

— Mais pourquoi t'es-tu marié ?

— Elle va avoir un môme.

— Il est de toi ?

— Ce n'est pas impossible.

— Elle t'a dit qu'il était de toi ?

— Nous avons fait le calcul ensemble, répondit l'oncle. A huit jours près on ne peut pas savoir...

— Tu n'étais pas obligé de l'épouser.

— Elle était embêtée, dit Lucien.

— Oui, dit Eugène-Marie.

— Elle ou une autre... dit Lucien.

— Est-ce que grand-mère sait la vérité ?

— Elle sait que Lucie va avoir un môme. C'est pourquoi elle a finalement consenti au mariage. Mais elle aurait préféré que Lucie fasse passer le môme.

— Qu'elle le fasse passer ? interrogea Eugène-Marie.

— Oui, dit Lucien, qu'elle se fasse avorter.

— Mais c'est très grave, s'écria Eugène-Marie.

— Ça se fait tous les jours, dit Lucien.

— Mais Lucie n'a pas voulu ?

— Elle a déjà fait passer un môme, mais ça a mal tourné et il a fallu l'opérer. Maintenant elle ne peut plus, ce serait trop dangereux.

— Ah ! oui, dit Eugène-Marie.

— Ne raconte pas tout cela à tes parents, dit Lucien Favart. Ils vivent à l'écart de tout. Ils ne comprendraient pas.

— C'est parce que nous vivons dans une maison particulière, dit Eugène-Marie. Dans la maison de grand-mère, on n'est jamais seul...

Le garçon réfléchit. Ils étaient maintenant dans le Nord-Sud, Place de Clichy-Porte de Saint-Ouen. Son oncle portait une vieille gabardine râpée, et sur l'épaule un sac noué d'une corde, destiné aux objets qu'ils trouveraient au marché aux puces ; il était plus petit que ne le sont ordinairement les Favart ; son visage avait l'expression humble et effrontée des vaincus.

— Ce que je ne comprends pas, dit Eugène-Marie, c'est pourquoi tu as tellement insisté pour que mes parents viennent à ton mariage...

— C'est Lucie qui y tenait.

— Qu'est-ce que ça pouvait bien faire à Lucie ?

— Elle aurait été humiliée qu'ils ne viennent pas.

— Deux de plus, deux de moins, dit Eugène-Marie...

— Lucie a tort, dit l'oncle, mais le mépris d'un beau-frère ingénieur et d'une belle-sœur à fourrure et à prie-Dieu à plaque de cuivre à son nom, l'humilie. Sais-tu que Lucie n'a encore jamais eu de manteau à elle ?

— Qu'est-ce qu'elle porte l'hiver ?

— Un vieux manteau de sa belle-sœur Emilienne. C'est tantôt elle qui le porte, tantôt sa sœur Jeanne, la femme de Madru, selon l'endroit où elles doivent aller l'une ou l'autre. Le reste du temps, elle met un châle de laine par-dessus son caraco. Tu ne sais pas encore comment vivent les gens du peuple.

Eugène-Marie imagina sa tante Lucie, qui avançait triomphalement sur la chaussée de l'avenue de Laon, ses blanches épaules drapées d'une écharpe de laine à larges bandes rouges, orange et vertes.

— J'aime le peuple, dit-il gravement.

Ils trouvèrent au marché aux puces des presse-papier boule de neige ; à Passy, certains collectionneurs commençaient à s'y intéresser ; aux puces, on les payait encore trois fois rien ; « il faut avoir la chance de tomber dessus », disait Lucien. Pas un seul vase de Sarreguemines, mais une commode Louis XV miniature, comme un meuble de poupée, un modèle, chef-d'œuvre d'un compagnon ébéniste du tour de France. Ainsi la matinée passa à fouiner parmi les éventaires forains, à marchander, à supputer les bénéfices, l'oncle expliquant au neveu comment les modes successives faussent apparemment la loi de l'offre et de la demande et permettent aux astucieux de vendre cher rue Franklin ce qu'ils ont acheté bon marché à la porte de Saint-Ouen.

Sur le chemin du retour, Eugène-Marie demanda à brûle-pourpoint :

— Papa était franc-maçon ?

— Il te l'a dit ? s'étonna l'oncle.

— Non, dit Eugène-Marie, mais j'ai trouvé dans le tiroir de la bibliothèque une écharpe jaune brodée d'emblèmes maçonniques.

— Ni ton père ni moi n'avons été baptisés, dit l'oncle. Ton grand-père était très strict sur la question.

— Et grand-mère ?

— Ta grand-mère était une vraie républicaine. Elle l'est toujours. Elle partageait totalement les idées de ton grand-père.

— Ou bien était-ce grand-père qui partageait les idées de grand-mère?... Maman dit toujours qu'elle le menait par le bout du nez.

— C'est tout à fait faux, dit fermement Lucien Favart. Père et mère s'entendaient parfaitement sur tous les sujets. C'est le seul ménage véritablement uni que j'aie jamais connu.

C'était la première fois qu'Eugène-Marie entendait son oncle parler d'une voix ferme.

— Quand la blessure de père s'est rouverte, pour la seconde fois, en 1890, continua Lucien Favart, il a eu une infection de la poitrine, il a été obligé de cesser de travailler. C'est alors mère qui a dirigé le restaurant et qui plus tard s'est débattue avec les hommes d'affaires.

— C'est cela qui l'a rendue orgueilleuse? demanda Eugène-Marie.

— Est-ce que mère est orgueilleuse? se demanda à voix haute Lucien Favart. Elle est dure. C'est qu'elle a eu la vie dure.

Lucien Favart entreprit alors d'expliquer à son neveu que « le monde a beaucoup changé depuis l'époque où Michel Favart faisait ses études. Il y eut d'abord les grands krachs et puis enfin la guerre. Au siècle dernier, on travaillait encore plus dur qu'à présent, mais on faisait des économies et chaque Français savait de certitude que, s'il vivait assez vieux, il se retirerait un jour et vivrait paisiblement le reste de son âge des rentes de ses titres et du loyer de ses maisons. Chaque Français était un candidat rentier, à peu près sûr d'être reçu, avec plus ou moins de retard. Toute la morale était bâtie là-dessus. Maintenant on ne peut plus compter sur rien. Ce qui n'a pas été liquidé par Panama, par Lebaudy, par Say, l'a été par les Russes, les Polonais et les Serbes. L'Etat français lui-même est failli : vingt sous ne valent plus que deux sous. Et les locataires ne paient plus leurs loyers. C'est que les gros capitalistes ont inventé toutes sortes d'astuces pour dépouiller les vieux travailleurs de leurs économies. Le régime veut cela. Si la question intéresse Eugène-Marie, il devra demander des explications à Madru, mais ce n'est pas son oncle qui les lui donnera, car maintenant le marxisme le dégoûte autant que n'importe quelle autre doctrine. Mais enfin c'est comme cela. La morale aussi fout le camp ; on n'a jamais vu tant de monde dans les dancings et les boîtes de nuit, et les jeunes filles se coupent les cheveux et se maquillent comme les filles. Tout fout le camp. Quand tout fout le camp, les hommes prennent peur et essaient de se planquer. Après cinq ans de guerre, Lucien sait tout sur tous les genres possibles de planque. Etienne Fleuri s'est planqué dans la police ; c'est sa manière à lui de se défendre. Victorien Fleuri est imbécile ; il a sa manière à lui de se planquer, qui est une manière d'imbécile ; les imbéciles aussi ont droit à la vie. Le père d'Eugène-Marie se planque dans la religion, c'est une planque comme une autre. » Voilà ce que Lucien Favart expliqua à son neveu.

Le bal dans l'atelier fut beaucoup plus animé que la sauterie de la veille. Il y vint énormément de jeunes gens et de jeunes filles, non seulement du quartier, mais aussi les frères et les sœurs et les amis des frères et des sœurs des repasseuses, accourus des régions lointaines du Point-du-Jour, de Belleville, de Ménilmontant, de la cité Jeanne-d'Arc dans le treizième, de la porte de Versailles, de Javel et de Grenelle.

Eugène-Marie ne se hasarda plus à danser. Mais Marcelle venait s'asseoir près de lui entre chaque danse et il lui passait la main autour de la taille. Sa bagarre de la veille, avec Dédé le dessinateur de chez Citroën, avait fait l'objet d'innombrables récits et portait ses fruits, comme il arrive toujours des actes héroïques, même quand ils n'ont pas de résultat immédiat. Quand un garçon s'approchait pour inviter la manutentionnaire, il demandait d'abord l'autorisation à Eugène-Marie.

Eugène-Marie cependant, tout en surveillant la danseuse, qui n'en manquait pas une, se demandait comment s'y prendre pour la persuader de l'accompagner dans la chambre du quatrième, dont il avait dérobé la clé, suspendue à un clou, dans la cuisine de sa grand-mère.

La loge de la concierge, Adèle Fleuri, mère de la mariée, et la chambre derrière la loge servaient de vestiaire. Les parapluies et les manteaux de pluie — le ciel s'était couvert dans la matinée — s'empilaient sur les chaises et sur les lits. Vers les cinq heures, Marcelle, qui venait de danser un charleston et qui suait à grosses gouttes, partit au vestiaire, à la recherche d'un mouchoir oublié dans la poche de son imperméable. Eugène-Marie l'accompagna.

L'imperméable avait été posé dans la chambre du fond, où il n'y avait personne, au moment où ils y allèrent. Eugène-Marie embrassa Marcelle, qui se laissa embrasser, avec un air comme distrait, les dents à peine entrouvertes. Et elle se détacha aussitôt:

— Maintenant, dit-elle, retournons dans l'atelier.

Mais il l'attira violemment contre lui, la saisit par la taille, prit sa nuque dans la main, et l'embrassa de nouveau, en la serrant de toutes ses forces contre lui. Elle se laissa faire. Puis elle essaya de se dégager. Mais il la retint, elle essaya plus vivement de se dégager et parvint à libérer sa taille, sans toutefois réussir à libérer son visage, solidement maintenu par la nuque, et elle se trouva ainsi placée de côté par rapport à lui. Il l'embrassait de toute sa bouche. Il l'embrassait.

Il passa la main sous la jupe. Alors elle se secoua brutalement, il fut surpris et elle décrocha.

— Qu'est-ce qui te prend? demanda-t-elle.

Il tendit de nouveau la main vers la jupe.

— Bas les pattes! dit-elle, en tapant de la main un coup sec sur sa main.

— Tu ne fais pas tant de manières avec Dédé, dit-il.

— Qu'est-ce que tu veux dire? demanda-t-elle.

— Je te demande pourquoi tu fais tant de manières avec moi. Je vaux bien les petits maquereaux avec qui tu as l'habitude d'aller.

Il se demanda aussitôt pourquoi il avait employé le mot maquereau. Sans doute avait-il entendu cela aussi dans la cour de récréation. Mais déjà Marcelle le giflait, deux claques fortement appliquées avec la main large ouverte, une sur la joue gauche et l'autre sur la joue droite.

Il attrapa la main au vol et la tordit. Elle poussa un cri de douleur. Il leva le poing...

— On se bat aussi avec les femmes? demanda une voix tranquille.

Il lâcha la main et se retourna. Madru était debout dans l'embrasure de la porte.

— C'est un petit imbécile, dit Marcelle.

— De quoi vous mêlez-vous? demanda Eugène-Marie à Madru.

Il s'avança, les poings fermés, vers l'homme. Madru le laissa venir, puis tendit brusquement les mains en avant et saisit les deux bras d'Eugène-Marie dans ses poignes, qui étaient de fer. Il attira le garçon contre lui et le regarda dans les yeux:

— Calme-toi, dit-il. Tu ne sais donc pas qu'on ne se bat pas avec une femme?

Eugène-Marie, les dents serrées, essayait de frapper des coups de tête dans le menton de l'homme, des coups de pied dans ses tibias. Mais la poigne de Madru le maintenait fermement, jambe contre jambe, si bien que le pied ne pouvait prendre d'élan, et épaules rejetées en arrière, si bien que la tête ne pouvait atteindre le menton.

— Fous-lui une baffe pour le calmer, dit Marcelle.

— Laisse-le tranquille maintenant, dit Madru. C'est un gosse, mais je ne crois pas que ce soit un mauvais gosse...

Il regardait le garçon se contracter et frémir dans sa poigne de fer.

— Il est de bon sang, dit encore Madru.

Marcelle sortit sans ajouter un mot.

Madru sentit les muscles du garçon mollir. Il le lâcha.

Eugène-Marie s'assit sur le lit. Madru debout, immobile et muet, l'observait.

— J'ai vu rouge, dit Eugène-Marie.

— Une gifle fait voir rouge, dit Madru. Mais cette gifle-là, tu l'avais bien cherchée.

Madru sortit.

Eugène-Marie eut envie de courir derrière lui, de le saisir par le bras, de l'obliger à s'arrêter, à lui prêter attention, à l'écouter.

Mais il resta assis sur le lit et, le lendemain, il retourna dans sa maison particulière.

DEUXIÈME PARTIE

I

L'homme qui était monté, en gare de Vichy, dans un wagon de première classe de l'express Lyon-Modane, portait à sa boutonnière la francisque et le ruban de la Légion d'honneur.

Le cheveu roux coupé en brosse, le cou puissant, la nuque large et tavelée, l'œil saillant comme chez les bovins, le sourcil fourni et si blond qu'il en paraissait blanc, le voyageur ne pouvait manquer de retenir l'attention de tout observateur du visage humain. La bouche démesurée, mais comme annulée par des lèvres plates, closes et si décolorées que leur muqueuse se confondait avec la peau, pouvait inspirer l'effroi. Joues et bajoues avaient la complexion tendre, le teint rose et frais de certaines bourgeoises de province, de régime strict et de vertu sévère. Le torse était puissant et, malgré un certain embonpoint, l'homme avait escaladé le marchepied du wagon sans toucher la barre d'appui, d'un coup de reins. Mais la mâchoire empâtée, les paupières boursouflées, révélaient des faiblesses, une maladie de cœur et des vices. Le voyageur pouvait aussi bien être un jésuite en mission secrète, un acteur de renom, ou l'un de ces puissants invertis qui règnent secrètement sur les bagnes et les camps de concentration. Les mains potelées, les doigts courts et gras plaidaient pour l'hypothèse du prêtre.

Il sortit de sa serviette le tome II d'*A la Recherche du Temps perdu* et se mit à lire, ou sans doute à relire, une page marquée, comme plusieurs autres, d'un signet de

papier. Il soulignait certains passages d'un trait profondément creusé dans la marge par l'ongle du pouce, qui était
carré. Ainsi jusqu'à Lyon.

Quand le train eut dépassé Lyon, le voyageur rangea le
livre dans la serviette, qu'il avait gardée sur les genoux, et
en sortit un dossier qu'il étudia.

Le premier feuillet, papier blanc sans en-tête, portait,
écrites à la main, d'une écriture aiguë et mal lisible, les
indications suivantes :

*Sainte-Marie-des-Anges : gare de triage n° 1 de la zone
sud. Plaque tournante essentielle entre les deux zones.
Toute la bauxite du Var et le cuivre d'Espagne vers l'Allemagne. Minerai lorrain et charbon de la Ruhr vers la zone
sud et l'Espagne. Une partie du trafic germano-italien.*

*Nœud des voies ferrées qui doublent habituellement la
ligne Paris-Lyon-Marseille. Sur la principale voie côte
atlantique-Italie-Balkans. Importance stratégique capitale
en cas de débarquement sur les côtes européennes de la
Méditerranée.*

*L'un des plus importants dépôts et ateliers de réparation
de la zone sud.*

Le second feuillet, également papier blanc sans en-tête,
portait, tapées à la machine, les indications suivantes :

*Deux sabotages en 1940, le 7 et le 21 décembre. Les
auteurs présumés, qui avaient appartenu avant septembre
1939 à des organisations communistes, ont été arrêtés à la
suite d'une enquête de la police locale.*

Pas de sabotage en 1941.

*Trois sabotages en juillet et août 1942. Deux des auteurs
présumés ont été arrêtés à la suite d'une enquête de la
brigade mobile de Lyon. Trois autres sont en fuite et n'ont
pas été revus dans la région.*

Sept sabotages en 1943, au cours des deux mois qui viennent de s'écouler. Les enquêtes de la brigade mobile de Lyon n'ont donné aucun résultat.

7 avril: demande d'explication des autorités d'occupation de la zone nord à l'ambassadeur de Brinon. 9 avril: note de la Présidence du Conseil au ministère de l'Intérieur.

Le troisième feuillet était une fiche d'accident du travail de la SNCF, région sud-est, service traction.

On pouvait y lire:

Nom: *Madru Pierre.*

Etablissement d'attache: *Dépôt de Sainte-Marie-des-Anges.*

Lieu où s'est produit l'accident: *Pont-plaque tournante TSC 4 n° 12.*

Date et heure de l'accident: *Le 10 avril à 1 h 30.*

Grade et années de service: *Mécanicien.*

Fonction exercée au moment de l'accident: *Commandé pour le train 6208, devant partir à 3 h 15.*

L'agent blessé travaillait seul ou en équipe? *Seul.*

Date et heure des premiers soins: *A été retiré du cuvelage du pont tournant à 1 h 55.*

Date et heure de la première visite médicale: *Le médecin de la SNCF a constaté le décès à 2 h 30.*

Nature de la blessure: *Fracture probable de la colonne vertébrale, plaie ouverte.*

Nombre de jours perdus pour interruption complète du service: *Décès.*

Exposé des circonstances de l'accident: *A 1 h 30, le manœuvre Dillois René, du dépôt de Sainte-Marie-des-Anges, préposé à la manœuvre du pont-plaque tournante TSC 4 n°12 de la rotonde nord du dépôt, recevait la machine 231-H-53 (mécanicien Renard, chauffeur Parod) aux fins d'orientation. Il constata, dès la mise en route du moteur d'entraînement, le fonctionnement défectueux de celui-ci. Immobilisant le pont, il descendit visiter le moteur. Il trouva un corps allongé entre un des galets de roulement du pont et l'engrenage d'entraînement. Le galet était passé en partie sur le dos de la victime, le mécanicien Madru Pierre. L'une des mains de celui-ci était crispée sur la boîte d'entrée du câble électrique.*

Dillois, Renard et Parod ont sorti le corps.

Partie réservée au chef d'établissement.

1º Appréciation sur les causes de l'accident: *Aucune infraction n'a été constatée.*

2º Défectuosité des installations: *Néant.*

3º Autres causes: *Pour une raison qui n'a pu être déterminée, le mécanicien Madru Pierre est tombé sous le cuvelage, à l'une des extrémités du pont-plaque tournante; commotionné, il a été surpris par la mise en marche.*

Sur le dernier feuillet, une page sans en-tête, la mention suivante, à l'encre rouge:

1º Son train ne partant qu'à 3 h 15, le mécanicien Madru n'avait à se présenter qu'à 2 h 15 au plus tôt. Or l'accident a eu lieu vraisemblablement à 1 h 30.

2º Le mécanicien Madru n'avait rien à faire à côté de la plaque tournante.

Le train stoppa en gare de Sainte-Marie-des-Anges, l'homme descendit et se fit conduire par un employé dans le bureau du chef de dépôt. Il se présenta:

— Inspecteur principal Marchand, de la direction de la Sûreté nationale.

— Favart, ingénieur SNCF, répondit le chef de dépôt.

— Je suis chargé, dit l'inspecteur, d'enquêter sur l'accident qui a provoqué la mort du mécanicien Madru.

— J'ai rédigé un rapport pour mon administration, répondit Favart.

— Le double m'en a été transmis, dit le policier.

— En quoi puis-je vous être utile? demanda sèchement Favart.

— J'aimerais que vous m'accompagniez sur les lieux de l'accident, dit le commissaire.

Favart, sans ajouter un mot, se leva et se dirigea vers la porte. L'inspecteur l'observait. L'ingénieur était de taille moyenne, les épaules larges. Visage osseux, des rides profondes entre les sourcils et au creux des joues. Les cheveux foncés en mèches désordonnées. Il portait une veste de sport, des pantalons de golf, des guêtres de cuir. Cravate de lainage écossais nouée négligemment.

— Suivez-moi, dit-il en ouvrant la porte.

Ils se dirigèrent vers l'est, le long du double faisceau de voies de garage, qui s'étale largement dans la plaine, au pied d'une haute colline surmontée d'une tour médiévale. Un grand nombre de trains de marchandises était en formation. Des hommes d'équipe en bleus de travail marchaient entre les voies et dévisageaient au passage l'inspecteur; toute la gare savait déjà qu'un policier était arrivé.

De derrière une tourelle d'aiguillage, loin en avant des deux hommes, un wagon isolé, mû par une force invisible, surgissait toutes les trente secondes, s'avançait vers eux à la vitesse d'un cheval au trot, obliquait soudain vers l'une ou l'autre des voies de triage. Un haut-parleur hurlait des chiffres. Des hommes d'équipe paraissaient soudain s'éveiller et couraient poser des sabots sur une voie; un wagon butait sur les sabots, ralentissait et venait doucement s'aligner derrière d'autres wagons.

Favart marchait à grands pas entre deux rails, sans jamais poser le pied sur les traverses. L'inspecteur principal le suivait, en trébuchant sur les traverses.

Un train de marchandises, traîné par une de ces locomotives à moteur qui servent, dans les gares de triage, à la mise en place des trains, et qui beuglait comme beuglent tous les remorqueurs, dans les ports et dans les gares, les dépassa, sur la voie à leur droite. Le remorqueur beugla plus fort en passant près d'eux.

Sur la voie à leur gauche, une locomotive haut-le-pied les croisa lentement. Le mécanicien, du haut de sa machine, dévisagea le policier. Puis la locomotive repassa en sens inverse, se dirigeant comme eux vers les rotondes du dépôt des machines. Au passage, le chauffeur dévisagea le policier.

Les deux hommes traversèrent plusieurs voies, se faufilèrent entre des pyramides de charbon et des réservoirs, se glissèrent entre les roues plus hautes qu'eux-mêmes des locomotives qui attendaient leur tour d'être ravitaillées en eau et en charbon. Du haut d'une plate-forme, des wagonnets déversaient des rocs noirs et brillant dans un tender ; d'un plan incliné, un pailleté sombre coulait dans un autre tender. Des tuyaux de toile ruisselants d'eau pendaient d'une plate-forme. Ils esquivèrent une cascade brusquement jaillie, aussitôt résorbée, et pénétrèrent dans la première rotonde par le portail occidental.

La plaque tournante au centre, les rails comme des rayons et une vingtaine de machines au repos, la tête à la circonférence. Le pont, chargé d'une grosse Pacific, pivotait lentement sur lui-même. Il s'immobilisa. La Pacific s'éloigna silencieusement et disparut par le portail oriental.

Favart fit un signe au pilote du pont tournant. Un signal immobilisa à l'entrée orientale une machine en manœuvre.

— Courant coupé, cria le pilote.

Les deux hommes s'avancèrent jusqu'au bord du cuvelage de la plaque tournante. L'inspecteur principal sortit le dossier de la serviette, en tira la fiche d'accident du travail et relut à haute voix l'exposé des circonstances de l'accident ; Favart montrait, dans le fond du cuvelage, l'emplacement où avait été trouvé le corps, le rail circulaire, l'emboîtement du galet, la boîte d'entrée du câble électrique.

Puis le policier fit le tour de la plaque :

— Si je comprends bien, dit-il, il est relativement facile de descendre dans le cuvelage.

— Extrêmement facile, dit Favart. Les roulements des pièces motrices du pont doivent pouvoir être réparés facilement. D'où vous êtes, vous pouvez, en vous penchant, distinguer l'échelle d'accès.

— Qu'est-ce qui vous a fait supposer que le mécanicien Madru n'était pas descendu dans le cuvelage de sa propre volonté, mais y était tombé accidentellement ?

— L'entretien des installations fixes et la traction relèvent de services rigoureusement indépendants. Un mécanicien n'a aucune raison de descendre dans le cuvelage d'un pont tournant.

— Le mécanicien Madru n'avait donc aucune raison de service de descendre dans ce cuvelage. Qu'est-ce qui vous a empêché de supposer qu'il y était descendu pour des raisons extérieures à son service ?

— Aucune constatation de fait ne me permet d'avancer une hypothèse de ce genre.

— Quelle raison de fait vous a permis de supposer que, comme vous l'écrivez, le mécanicien est tombé dans le cuvelage ?

— J'ai proposé l'explication qui m'a paru la plus normale, dans les conditions normales du service.

— Pourquoi postulez-vous que l'accident s'est produit dans les *conditions normales du service ?*

— Je suis ingénieur. Il ne m'appartient pas d'envisager les événements sous l'angle du policier.

— Vous êtes ingénieur et habitué à des raisonnements rigoureux. Les *conditions normales du service* relèvent d'une hypothèse sans fondement dans les faits.

— Ma tentative d'explication est portée sous la rubrique : *Appréciations*. Il y a dans toute appréciation un élément subjectif.

Le policier souriait, sans quitter des yeux le visage de l'ingénieur.

— Alors, poursuivit-il, pouvez-vous m'expliquer quel élément subjectif vous a incliné à supposer que l'accident s'était produit dans les conditions normales du service ?

— La caractéristique d'un élément subjectif, répondit Favart, est de ne pas se prêter à une explication rationnelle.

L'inspecteur principal cessa de sourire.

— Je me contenterai, dit-il, d'une explication irrationnelle.

— Ne comptez pas sur moi pour vous suivre sur ce terrain.

— Désirez-vous savoir ce que j'en conclus ?

— Cela ne m'intéresse pas, dit Favart.

— Je noterai donc, dit le policier, comme problème d'ouverture à mon enquête : *Découvrir les causes subjectives de l'obstination du chef de dépôt, l'ingénieur Favart, à considérer que le service se déroule normalement dans un établissement de la SNCF, où l'on a relevé sept sabotages caractérisés en l'espace de deux mois.*

Les deux hommes se regardèrent dans les yeux et chacun soutint le regard de l'autre.

— Faites votre métier, monsieur, dit Favart.

— Autre question, monsieur l'ingénieur. Dans les *conditions normales du service,* est-il normal qu'un mécanicien se présente au dépôt des machines près de deux heures avant le départ du train pour lequel il est commandé ?

— Non.

— Quel est le délai habituel entre l'arrivée d'un mécanicien au dépôt et le départ du train?

— Une demi-heure au minimum, une heure au maximum.

— J'inscrirai donc comme deuxième problème à résoudre: *Pourquoi le mécanicien Madru est-il arrivé au dépôt dans la nuit du 9 au 10 avril, avec une avance d'environ une heure sur l'horaire normal maximum?* Question subsidiaire: *Pourquoi le chef du dépôt, l'ingénieur Favart, n'a-t-il pas signalé dans son rapport le zèle anormal de son subordonné?*

— En ce qui concerne l'horaire du personnel, il n'est pas dans l'habitude des chefs de service de signaler à la compagnie les excès de zèle, mais uniquement les retards qui entraînent des perturbations dans le service.

— Bien entendu, monsieur l'ingénieur, je ne vous fais aucun reproche...

— Il n'appartient qu'à mes supérieurs hiérarchiques de me faire des reproches.

— Je me borne, en tant que policier, à m'étonner des sentiments subjectifs qui ont si singulièrement restreint le champ de votre curiosité. Une dernière question: pouvez-vous me faire connaître votre appréciation personnelle sur le comportement habituel du mécanicien Madru?

— Je n'ai jamais eu, répondit l'ingénieur, à réclamer de sanctions administratives contre lui.

— Depuis quand était-il sous vos ordres?

— Depuis janvier 1941, date de son affectation au dépôt de Sainte-Marie-des-Anges.

— Vous ne voyez rien de particulier à me signaler à son sujet?

— Rien.

— Je vous remercie, monsieur Favart. Voudriez-vous maintenant être assez aimable pour me conduire auprès du chef du personnel?

— La courtoisie, sinon mon devoir, m'y oblige, monsieur.

Favart fit un signe au pilote du pont tournant.

— Courant rétabli, cria le pilote.

Un signal s'abaissa et une locomotive entra par le portail septentrional. Les deux hommes sortirent par le portillon oriental.

Sur les fiches du bureau du personnel, l'inspecteur principal Marchand, négligeant la plupart des indications administratives, ne releva que les points suivants, dont il prit note :

Madru Pierre Emmanuel, né en 1895, à Paris.
Instruction générale : *Certificat d'études primaires.*
Résidences : *Paris, Dijon, Sainte-Marie-des-Anges.*
Révoqué en 1920. Motif : *Grève.*
Réintégré en 1936.

Et :

Eugène-Marie Favart, né en 1906, à Sézanne (Marne).
Ingénieur de l'Ecole centrale des arts et manufactures,
promotion 1927, n° 53.
Professions antérieures : *Artisan imprimeur. Entré à la SNCF en 1937.*
Résidences : *Tarascon (sous-chef de dépôt), Sainte-Marie-des-Anges.*

Les deux hommes étaient mariés et Madru père de deux enfants, nés l'un en 1921, l'autre en 1929.

« Excellent mécanicien », dit de Madru le chef du personnel. « Brillant ingénieur, avancement très rapide », dit-il de Favart. Là se borna son aide à l'enquête.

L'inspecteur principal se rendit ensuite chez le commissaire de police de Sainte-Marie.

— La mentalité qui règne ici est excellente, dit tout de suite le commissaire.

— Sept sabotages en deux mois, répondit le principal.

— Sept sabotages en un laps de temps si court, c'est un seul acte en sept phases successives. C'est l'exception qui confirme la règle. La preuve : pas un seul sabotage pendant les dix-huit mois qui suivirent l'arrestation par mes soins des auteurs des deux attentats de décembre 40.

— Mais en 42...

— L'attentat double du mois d'août 42 a permis d'achever la liquidation des brebis galeuses. Les auteurs présumés étaient sur ma liste des suspects : la brigade mobile n'a eu qu'à les cueillir.

— Pouvez-vous me communiquer votre liste ?

— Je l'ai mise au panier. Après les arrestations du mois d'août, il ne restait que onze suspects, qui ont été internés administrativement sur ma demande. Je peux me porter garant aujourd'hui de tous les cheminots de Sainte-Marie-des-Anges. Vous devez comprendre les conditions locales. Rien de comparable ici à ce qui se passe dans les grands centres. Nos cheminots ont presque tous leur maison, leur jardin et des parents cultivateurs dans les villages voisins. Pas de difficultés réelles de ravitaillement. Beaucoup d'entre eux sont mariés à des commerçantes de notre petite ville, ou à des filles de fermiers. C'est une population essentiellement conservatrice. Le dépôt de Sainte-Marie est de tous les dépôts SNCF celui qui comptait en 1939 la plus faible proportion de communistes. Le mot d'ordre est ici : servir — comme l'a demandé le grand vieillard qui a fait don de sa personne à la France...

— Cependant...

— J'en conclus que les auteurs de l'attentat en sept phases, qui vient de jeter l'épouvante parmi notre paisible population, sont venus de l'extérieur... Sinon, je les connaîtrais.

— Vous estimez donc que le mécanicien Madru est mort d'un accident du travail et non pas de ce que je pourrais appeler un accident de sabotage?

— Parfaitement.

— Vous ne pensez pas que Pierre Madru a été surpris par le mouvement du pont tournant, au moment où il s'apprêtait à placer un explosif dans le cuvelage?

— Je ne le crois pas. Pierre Madru avait fait l'objet d'une surveillance spéciale, à son arrivée ici, au début de 41, parce qu'il m'avait été signalé par la police de Dijon comme ayant appartenu au Parti communiste et comme militant responsable de l'ancienne CGT. Mais rien de suspect n'a été relevé contre lui. Il a placé un portrait du Maréchal sur sa cheminée. Il n'a pas de poste de radio chez lui. Enfin, lors des sabotages de 42, il se trouvait, je l'ai fait vérifier, soit à son domicile, soit sur sa machine, à de longues distances de Sainte-Marie-des-Anges.

— Cela prouve seulement, fit remarquer le principal, qu'il n'a pas été agent d'exécution.

— Je lui ai envoyé à plusieurs reprises, poursuivit le commissaire, ce que nous pourrions appeler des provocateurs. D'après leurs rapports, il semble que Madru se soit détaché depuis août 39 de l'obédience stalinienne. A mon avis, c'était un de ces communistes honnêtes que la trahison du pacte germano-soviétique a révolté. J'ai conversé moi-même à plusieurs reprises avec lui; il semblait éprouver de la répulsion à parler de ses erreurs passées.

— Sa femme était-elle inscrite au Parti communiste?

— La police de Dijon ne m'a rien transmis à son sujet.

— Demandez à Dijon si elle fait l'objet d'une fiche.

— Cela sera fait tout de suite, monsieur le principal.

— Son fils?

— Vingt-deux ans. Elève mécanicien. Aucune activité politique. Bien noté. Très sérieux.

— A quoi consacre-t-il ses loisirs?

— Je ne sais pas.

— Je désire que le fils Madru fasse, à partir d'aujourd'hui, l'objet d'une surveillance toute particulière. Je veux connaître son emploi du temps heure par heure. Je veux savoir le nom de ses camarades et de sa bonne amie, où il la rencontre, s'ils se sont disputés ces temps derniers, et pourquoi.

— Cela sera fait, monsieur le principal.

— Que savez-vous du chauffeur qui faisait équipe avec Madru?

— Auguste Roncevaux, trente-deux ans, bien noté, membre du syndicat chrétien.

— Je désire également qu'il fasse l'objet d'une surveillance.

— Cela sera fait, monsieur le principal.

— Parlez-moi maintenant du chef de dépôt.

— Favart? un ivrogne. C'est dommage, car on dit que c'est un brillant ingénieur.

— Qu'est-ce qu'il boit?

— Du vin rouge.

— Vous me répondez bien vite.

— C'est que, monsieur le principal, Favart évoque le vin rouge, comme, si je puis me permettre une comparaison saugrenue, notre glorieux Maréchal, la victoire de Verdun... Si vous faites, après six heures, le tour des bistrots voisins du dépôt, vous pouvez être sûr de le rencontrer, debout devant le zinc, en train de boire du rouge, sans dire un mot...

— Il boit seul?

— Jamais seul, monsieur le principal. Voilà comment ça se passe: Favart entre dans le bistrot; trois ouvriers sont là, debout devant le zinc; *comme d'habitude,* dit Favart au patron, *et vous ajouterez trois verres pour ces messieurs.* Le patron sert. Favart trinque avec ses trois

invités, *à la tienne,* dit-il, en choquant chaque verre. Mais
oui, il les tutoie. *A la vôtre, monsieur l'ingénieur,*
répondent les hommes. Et puis Favart pose les coudes sur
le comptoir, se prend la tête entre les mains et ne dit plus
rien. Le patron a posé un pot, à côté de Favart qui, de
temps en temps, remplit son verre et boit. Quand le pot
est fini : *Bonsoir les amis,* dit-il. *Bonsoir, monsieur l'ingénieur,* répondent les ouvriers. Il sort, gagne le bistrot
voisin, et ça recommence. Il rentre chez lui entre neuf et
dix heures, sans tituber, mais le cou raide et les mains au
corps, comme un somnambule.

— Qu'est-ce qu'on pense de lui ?

— Les premiers temps, les cheminots ont cru qu'il
payait à boire et qu'il les tutoyait, dans l'espoir de se
rendre populaire ; ils n'aiment pas ça. Et puis, ils se sont
rendus à l'évidence : le chef du dépôt ne faisait pas
attention à eux, ne les écoutait pas. Maintenant Favart fait
partie du décor, comme naguère les publicités pour les
apéritifs, aujourd'hui interdites par le Maréchal.

— Et dans le service ?

— Rien à dire. On ne se plaint pas de lui. Il ne cherche
pas la petite bête. Quand il y a un pépin, il essaie
d'arranger les choses.

— Où habite-t-il ?

— Dans une petite villa, avenue de la Gare, à l'entrée
de la cité SNCF.

— Sa femme ?

— Une Espagnole.

— Vous avez l'identité complète de Mme Favart ?

— Elle s'est fait faire récemment une carte...

Le commissaire chercha dans un registre et lut :

*Dominguez Domenica Maria Augusta, épouse Favart,
née à Oviedo (Asturies), Espagne, le 16 octobre 1909.
Mariée à Paris, le 10 mai 1937.*

— Un instant, dit le principal...

Il nota sur son carnet : *Dominguez, Oviedo 1909, mariée à vingt-huit ans.* Il souligna *vingt-huit ans.*

— Quelle réputation?

— S'occupe de son intérieur. Pas de bonne. Une femme de ménage le matin. Pas d'achats visibles au marché noir. Tout l'argent du ménage est dépensé par le mari au bistrot.

— Jolie?

— Une Espagnole sèche, noiraude, de grands yeux qui mangent tout le visage, les paupières charbonneuses.

— Pas d'enfants?

— Non, mais une mère.

— Laquelle?

— Celle de Favart. Une femme bien. Membre du Secours national et de plusieurs œuvres paroissiales.

— Des revenus personnels?

— Il ne semble pas.

— Je désire que, jusqu'à nouvel ordre, Favart et sa femme, je dis bien : et sa femme, soient l'objet d'une surveillance toute particulière. Vous disposez du personnel nécessaire?

— Oui, monsieur le principal.

— Favart entretenait-il des relations personnelles avec Madru?

— Je l'ignore, monsieur le principal. A vrai dire j'en serais surpris. Madru ne fréquentait pas les bistrots. Mais un de mes hommes va pouvoir nous renseigner plus précisément.

L'inspecteur de la police locale aussitôt appelé ne parut pas surpris de la question :

— Je ne sais pas, répondit-il, jusqu'à quel point M. Favart et Madru étaient liés. Mais c'est un fait que les Madru et les Favart se fréquentent. Mme Favart et la femme Madru sont très bonnes amies ; nous l'avons nécessairement remarqué, car ce n'est pas l'habitude que la femme d'un ingénieur-chef du dépôt reçoive la femme d'un mécanicien et lui rende ses visites. Toute la cité s'en est d'abord étonnée ; maintenant on y est habitué. Il faut dire que Mme Favart est très simple ; elle fait son marché elle-même et parle avec tout le monde. Elle passe au moins trois après-midi par semaine avec la femme Madru, tantôt chez l'une, tantôt chez l'autre. Elles sont allées plusieurs fois à Lyon ensemble... Le fils Madru également va souvent chez les Favart.

— Avec sa mère ? demanda le principal.

— Pas toujours. Et cela a même fait jaser. Mme Favart est en un sens une jolie femme, quoique tout le monde n'aime pas ce type maigre, au nez anguleux. Mais il semble que le fils Madru fasse chez elle de petits travaux : installations électriques, réparations de serrure, poses de rayon, c'est un bricoleur. D'ailleurs, Mme Favart la mère est presque toujours à la maison et il semble difficile qu'on fasse son fils cocu sous ses yeux.

— Je vous remercie, dit le principal.

Il prit plusieurs notes.

— Au fait, reprit l'inspecteur de la police locale, je me rappelle maintenant qu'on m'a signalé, il y a six mois environ, que M. Favart avait eu une altercation avec Madru le père.

— A quel propos ?

— Je ne me le rappelle pas très bien. Mais il est facile de le savoir. La chose s'est passée dans un bistrot dont le patron est un ami... C'est une façon de parler : le patron de ce bistrot vend du pastis, nous fermons les yeux, mais il nous raconte les conversations qui se tiennent chez lui. Nous l'utilisons surtout pour les rapports aux Renseignements généraux sur les réactions ouvrières aux événements du jour. L'endroit est bien placé, juste à la sortie du dépôt.

— Allons y faire un tour, dit le principal. Accompagnez-moi, inspecteur. Au revoir, commissaire.

Le café occupe le rez-de-chaussée d'une villa demeurée en enclave dans la cité SNCF, en bordure d'un faisceau de voies, à proximité des ateliers de réparation de locomotives. Un simple calicot, fixé à la hauteur du premier étage, indique la destination du lieu : *Vins et Boissons*. Les deux hommes entrèrent dans le jardin, contournèrent l'enclos des poules, et gagnèrent directement le premier étage, par l'escalier de service.

L'inspecteur avait toqué au passage contre le carreau de la cuisine et le patron vint les rejoindre dans sa propre chambre à coucher.

— Ça s'est passé comme ça, raconta-t-il. Madru père est entré. Il cherchait visiblement quelqu'un. D'ailleurs il ne vient jamais au bistrot. Donc il est entré, et il a vu M. Favart, qui tournait le dos à la salle, accoudé au comptoir, la tête entre les mains, comme d'habitude. Il devait être dans les neuf heures du soir ; Madru venait sans doute de la villa où il n'avait pas trouvé Favart. Il alla droit à lui, et lui toucha l'épaule. M. Favart le regarda et il secoua la tête, comme pour dire « non ». Alors, Madru entraîna M. Favart dans le coin de la salle, à une petite table qui est isolée, et il commanda un litre de vin rouge ; ils s'assirent face à face. M. Favart but coup sur coup deux verres de vin ; il avait déjà beaucoup bu ce soir-là.

» Madru lui parla, avec l'air d'insister pour obtenir quelque chose. M. Favart continuait à secouer la tête, et cela dura assez longtemps. Soudain il éleva la voix ; je l'entendis qui disait :

» — Ce sont des salauds, les uns comme les autres. Moi aussi je suis un salaud. Mais je préfère rester tout seul, salaud dans ma saloperie.

» Je ne sais pas si je vous rapporte exactement ses paroles. Mais c'est ce que ça voulait dire. On n'entendait que salaud et encore salaud.

» Et puis il leva son verre et cria : « Je bois à la santé de tous les salauds de la terre. »

» Il y avait cinq ou six cheminots devant le zinc, et trois encore dans l'autre coin de la salle. Ils ne savaient pas quelle contenance prendre. Moi non plus. On sait que M. Favart est soiffard. Mais même quand il est plein, il garde toujours de la tenue. C'est vraiment ce qu'on appelle un homme bien élevé. Mais voilà qu'il se met à crier :

» — Alors ça vous fait mal de trinquer à votre saloperie ?

» Madru s'est levé.

» — Votre gueule, a-t-il dit à l'ingénieur.

» Celui-ci aussi s'était levé :

» — Moi, je n'ai pas peur, cria-t-il. Je bois à ma propre saloperie, à la saloperie d'Eugène-Marie Favart.

» — Rentrons, dit Madru, votre femme vous attend...

» Puis il lui chuchota dans l'oreille quelques mots que je n'ai pas entendus. Alors, M. Favart l'a suivi, en grognant :

» — C'est bon, c'est bon, tu as toujours raison...

» Ils sont sortis et j'ai vu que Madru raccompagnait M. Favart chez lui. Ils sont rentrés tous deux dans la villa. Madru n'est ressorti qu'une heure plus tard. Mme Favart la jeune est allée avec lui jusqu'à la porte du jardin et est restée un long moment sur le seuil, à lui parler.

— Je vous remercie, dit le principal. Savez-vous l'adresse de la femme de ménage des Favart ?

— Mme Lièvre habite à l'entrée de la cité, dans l'immeuble voisin de la villa.

Mme Lièvre fit un éloge passionné de Mme Favart la

jeune, qui est bonne, douce, généreuse, pas fière, si comme il faut quoique espagnole, et qui sourit toujours, bien qu'elle ne soit pas heureuse.

— Elle est malheureuse? demanda le principal.

— Quand l'homme boit, dit l'inspecteur.

— Monsieur boit, dit Mme Lièvre, mais il ne boit pas autant qu'on le prétend.

— On m'a raconté, protesta le principal, que M. Favart s'enivre tous les soirs.

— C'est toujours la même chose, dit Mme Lièvre. Quand on a vu un homme un jour soûl, on raconte qu'il se soûle tous les jours. D'abord, M. Favart ne boit que du vin ; c'est sain, le vin ; ce n'est pas comme ces pastis qu'on fabrique maintenant avec je ne sais quoi. Secundo, M. Favart reste quelquefois des semaines entières à ne boire que de l'eau, oui, oui, de l'eau claire, de l'eau du robinet. Il ne se soûle que quand il a ses crises. Alors, à ce moment-là, c'est vrai, quand il a sa crise, il entonne comme un pompier. Mais même quand il est plein ras bord, il n'est pas méchant. Non. Il rentre, il se couche sans dire un mot et il dort, vlan! comme un môme. On ne peut pas dire que c'est parce que Monsieur boit que Madame n'est pas heureuse.

— Elle n'a pas d'enfants... suggéra le principal.

— Vous pouvez dire qu'elle a deux enfants : Monsieur et la mère de Monsieur. Treize ans qu'elle a, la mère de Monsieur, moralement s'entend. Et elle crie toute la journée, avec une voix de tête, comme les filles dans l'âge ingrat.

— Elle ne s'entend pas avec sa bru?

— Comment ne s'entendrait-on pas avec Mme Domenica? Quand Mme Favart la mère casse quelque chose — tout lui pète entre les doigts — Mme Domenica répare ou remplace sans rien dire. Quand Mme Favart la mère fait du gâchis — il n'y a pas plus sale que cette femme-là —

Mme Domenica nettoie sans rien dire. Il n'y a qu'un point sur lequel elle ne cède jamais, c'est quand sa belle-mère veut l'emmener à l'église. Là-dessus, Mme Domenica est comme un roc. La seule fois que je l'ai vue se fâcher, c'est quand Mme Favart la mère a voulu inviter le curé à manger à la maison : *Ça non,* a-t-elle dit, *ce sont les prêtres qui ont tué mon père.*

— Son père a été tué ? demanda le principal.

— Les Espagnols, vous savez, ils se tuent toujours les uns les autres. Le père de Mme Domenica a été tué par ces canailles de franquistes.

— Le général Franco est maintenant l'ami de la France, protesta l'inspecteur de la police locale.

— Ça va toi, lui dit Mme Lièvre. On te connaît ici. En 1936, il n'y avait pas plus socialiste que toi. Maintenant tu es pour les Boches. Et quand les Américains auront débarqué, tu crieras *yes, yes,* plus fort que tout le monde.

— Je ne tolérerai pas... commença l'inspecteur.

— Laissez parler Mme Lièvre, dit le principal... M. Favart soutient sans doute sa mère ?

— M. Favart...

Mme Lièvre rit.

— ... M. Favart n'adresse jamais la parole à sa mère. Ni Mme Favart à son fils. Voilà des années qu'ils ne se sont pas parlé. Même à table, quand il est assis en face d'elle. S'il a quelque chose à lui faire savoir, il s'adresse à sa femme : *Ma chère Domenica, voudrais-tu être assez aimable pour dire à maman qu'elle me casse les oreilles. Je déteste les voix de tête. Ça me coupe l'appétit.* Et Mme Favart mère répond : *Ma fille, vous direz à mon fils que je ne supporterai pas plus longtemps ses insolences et que dès ce soir je ferai mes malles.* C'est tous les jours cirque chez les Favart.

— Mme Favart mère aide peut-être le ménage ?

— Pensez-vous. Elle n'a pas un sou. Elle le répète

toute la journée : *Mon mari avait placé notre fortune en Amérique. Nous avons tout perdu dans le krach de 1929 ; il en est mort, le pauvre homme. Maintenant il faut que je mendie le vivre et le couvert à un fils ingrat. Vous verrez qu'il me placera dans un asile de vieillards. Il ne me reste que mon piano et il veut me l'enlever.*

— Mme Favart mère est musicienne ? demanda le principal.

— Sans doute, puisqu'elle tient tellement à son piano. Mais je ne l'ai jamais entendue taper dessus. Chaque fois que la fin du mois est difficile — la vie est dure, même pour les ingénieurs, à présent — M. Favart dit : *Domenica, je te prie de prévenir maman que nous allons vendre son piano ;* Domenica, répond Mme Favart, *je vous prie de prévenir mon fils que je préfère qu'il me conduise tout de suite à l'hospice.* Le piano fait partie du cirque Favart.

Puis la femme de ménage raconta ce qu'elle appelait « les crises de M. Favart ». Favart, comme tous les ingénieurs, est obligé d'être au dépôt à huit heures. Sa femme se lève à six heures et demie et lui prépare une tasse de café, qu'elle lui porte au lit. Favart boit silencieusement son café et se rendort, ou fait semblant de se rendormir, jusqu'à sept heures. Mais, dans les mauvaises périodes, le temps passe et la chambre reste muette jusque bien après sept heures. Domenica remonte de la cuisine, où elle était retournée après le café :

« Eugène-Marie, dit-elle, il est sept heures et demie... »
Il répond :
« Je le sais, ma chérie, je le sais. »

— Ça n'a pas l'air méchant, dit la femme de ménage, mais c'est le ton qu'il faudrait imiter, un ton excédé. Et certains jours il répond tout simplement « merde ».

Domenica passe dans la pièce voisine, et toutes les cinq minutes elle revient, et du pas de la porte, elle dit doucement :

« Eugène-Marie, il est sept heures trente-cinq... sept heures quarante... sept heures quarante-cinq... »

Et il lui répond de nouveau « Oui, oui, je sais » et quelquefois « merde ».

Puis on entend une série de jurons que la femme de ménage n'ose pas répéter. Enfin Favart appelle : « Domenica ! » La jeune femme, qui attendait derrière la porte, entre aussitôt. Alors il commence à se plaindre. Mme Lièvre ne comprend pas exactement de quoi il se plaint. Il dit des choses étranges, par exemple : « Je n'ai pas plus de raison pour me lever que pour rester couché ; un jour je me tirerai une balle dans la tête, pour ne pas avoir à choisir. » Il dit encore « qu'il n'aurait pas dû se marier ; qu'il était fait pour vivre seul, comme un vieux loup, au fond d'une forêt ; qu'il va s'en aller en Chine, ou bien se faire moine, ou bien s'engager pour se battre avec n'importe qui contre n'importe qui, ou bien se faire domestique de culture, comme un pauvre vieux, le père Félix, qui fait de petits travaux pour les paysans de la montagne, et qui couche hiver comme été dans une ruine, sur des feuillages ; le père Félix est plus heureux que lui ». Il dit aussi, et c'est ce qui étonne le plus Mme Lièvre, « qu'il déteste la villa où ils habitent ; qu'il n'arrivera jamais à se débarrasser des maisons particulières, que c'est la faute de sa femme, qu'elle est comme toutes les femmes, qu'elle ne rêve que d'apprivoiser son mari ».

Ensuite il demande pardon à Domenica. Il lui dit « qu'il fait son malheur, qu'elle devrait s'en aller, qu'il serait préférable qu'elle refasse sa vie avec un autre ». Quelquefois il pleure.

Domenica appelle cela : « les réveils pénibles de mon mari ». C'est dans les mêmes périodes qu'il boit. Tant mieux, dit Mme Lièvre, « parce que quand il rentre soûl, il s'endort aussitôt, tandis qu'autrement, il continuerait à raconter des salades à cette pauvre femme ».

Dans ces périodes-là, il fait lit à part. Il s'est aménagé une sorte de chambre, dans la soupente, avec juste un lit de camp, une table, une cuvette et un broc.

Mme Lièvre estime cependant que les Favart font bon ménage. Chaque fois qu'Eugène-Marie rentre de voyage, il rapporte un petit cadeau à Domenica. Il semble qu'il soit un mari fidèle. Il y a du mérite, estime la femme de ménage, « parce que Louise, sa secrétaire au chemin de fer, est une coureuse ». Et pendant des semaines entières, on voit les deux Favart, « toujours à s'embrasser, par-ci par-là, et à roucouler comme des jeunes mariés. Tout irait bien sans les crises de Monsieur. »

— C'est un homme qui a du remords, dit l'inspecteur de la police locale.

— Celui-là, dit Mme Lièvre, en désignant l'inspecteur, il essaie toujours de nous faire dire ce qu'on ne pense pas. Je suis sûre que M. Favart n'a jamais fait volontairement le mal. Il a le foie bilieux, voilà tout.

— Comment Mme Favart la jeune explique-t-elle les crises de son mari? demanda le principal.

— Elle n'explique rien, monsieur.

» Elle le regarde avec ses grands yeux tendres, comme une mère qui a accouché d'un infirme.

» Cette femme-là a un grand cœur.

» Elle espère qu'il guérira. Une fois, elle m'a dit: *Plus les crises sont violentes, plus il est près de la guérison. Je suis sûre de lui.*

— Dans ces conditions, dit le principal, les Favart ne doivent pas recevoir beaucoup...

— Ils ne reçoivent jamais personne, même pas les autres ingénieurs. Il n'y a guère que les Madru qui viennent à la villa. Eux, ce n'est pas la même chose, ils sont un peu de la famille. L'accident de Pierre Madru a fait beaucoup de peine à Mme Domenica.

— Favart et Madru avaient peut-être déjà travaillé dans le même dépôt?

— Ils se connaissent depuis bien plus longtemps que cela, dit Mme Lièvre. Madru parlait souvent de la grand-mère de Monsieur et du père de Madame.

L'inspecteur principal Marchand alla chez le médecin de la SNCF, qui ne fournit aucun élément nouveau à l'enquête. Les contusions relevées sur le corps du mécanicien pouvaient aussi bien ne provenir que du choc provoqué par le galet de roulement du pont, que d'une double cause : chute préalable suivie de choc.

Puis le principal retint une chambre à l'hôtel du Commerce, où il dîna. Après dîner, il s'enferma dans le salon, s'assit au piano et joua de mémoire, pendant une heure, des fragments de Bach et de Mozart. Puis il se laissa aller à l'improvisation.

De derrière les rideaux brise-bise de la porte vitrée d'entre salon et salle à manger, les autres clients regardaient son dos large et court, sa nuque tavelée, son poil roux, et les coudes qui battaient au-dessus du clavier, comme les ailes d'un méchant oiseau. On disait :

— C'est le policier envoyé par Vichy.

Il improvisait une sorte de marche triomphale qui fondait soudain en mièvreries et cela sonnait suspect, comme la chair de certaines orchidées, ou les ombres qui montent à la surface d'un champ de neige, dans l'instant qu'il va fondre.

Personne n'osait entrer dans le salon.

A dix heures moins le quart, l'inspecteur principal sonna à la porte de la villa des Favart. Domenica vint lui ouvrir. Ils se regardèrent un instant en silence ; la pupille de l'homme se confondait avec l'iris dans une même masse d'un gris-bleu métallique ; la pupille de Domenica, noire, brillante et mobile, tranchait au contraire sur le brun clair de l'iris ; c'est l'homme qui détourna le premier les yeux.

— Mme Favart sans doute, dit-il.

— C'est moi, dit-elle.

— J'ai entendu de grands éloges de vous et je suis heureux de faire votre connaissance.

Elle ne répondit pas.

Il attendit la réponse. Le silence n'en finissait plus. Elle regardait maintenant un peu au-dessus de lui, au ras des cheveux coupés en brosse ; elle ne bougeait pas ; elle ne cillait pas ; elle se tenait droite au milieu du seuil, une main appuyée au chambranle de la porte.

— Ça n'a pas d'importance, dit enfin le principal. Nous aurons certainement l'occasion de nous revoir. Pour l'instant, je voudrais parler à votre mari.

Domenica Favart se retourna, fit quelques pas dans le couloir et entrouvrit une porte :

— Eugène-Marie, dit-elle, le policier veut te parler.

Puis elle disparut dans le fond du couloir.

Le policier frappa deux coups légers sur la porte entrouverte, la poussa et entra dans une pièce violemment éclairée par une lampe axiale à réflecteur d'acier. A droite, une planche sur des tréteaux, à gauche, un tableau noir et des chaises de paille.

— Un instant, je vous prie, dit Favart.

Il écrivait à la craie des équations sur le tableau noir ; sa main se déplaçait très vite ; le tableau fut couvert de chiffres en un instant. Il effaça le haut d'un coup de chiffon, la main fonctionna encore l'espace de cinq lignes, puis il alla porter le résultat sur une grande feuille de papier écolier posée sur la planche.

— Cela semble aussi fascinant que la musique, dit le policier.

— C'est un peu du même ordre, répondit Favart. Et comme pour le pianiste, les doigts du mathématicien, je veux dire le calcul, deviennent gourds dès qu'on suspend l'entraînement... Mais qu'est-ce que vous désirez?

— Je suis pianiste, dit le policier.

— Qu'est-ce que vous voulez bien que ça me fasse?

— Je suis pianiste, vous êtes mathématicien, c'est un des nombreux points communs sur lesquels nous nous rencontrons.

— On ne se rencontre pas sur un point, dit Favart.

— Je voulais dire que nous avons ceci de commun, entre autres choses, que vous avez rêvé de consacrer votre vie aux mathématiques pures et que vous passez le plus clair de votre temps à rédiger des rapports sur les accidents survenus dans le cuvelage des plaques tournantes ; que j'ai rêvé d'écrire des symphonies et que je suis devenu policier.

— Moi, dit Favart, je fais un métier propre.

— Ce que je n'arrive pas à comprendre, poursuivit le policier, c'est qu'entre votre sortie de l'Ecole centrale et votre entrée à la SNCF, vous ayez exercé pendant plusieurs années la profession d'artisan imprimeur, qui n'a pas davantage de rapports avec les mathématiques pures qu'avec les chemins de fer.

— Faites votre enquête et ne vous occupez pas de ma vie privée.

— Il n'y a que la vie privée qui m'intéresse, dit le policier. C'est par ce biais que j'ai réintroduit la musique dans mon triste métier.

» Quand on me confie un nouveau *client,* je commence par me faire raconter sa vie. J'écoute. Chaque humain joue son petit air, de jour en jour, d'année en année. J'écoute et je note les dissonances. Mais, dans une vie d'homme, il n'y a pas de véritables dissonances. Je pars du principe que les dissonances apparentes sont les fragments discontinus d'un contrepoint qui m'échappe, ou qu'on me cache. Alors, je me joue l'air de mon client, j'essaie des contrepoints, je tâtonne ; c'est là que l'artiste intervient. Quand j'ai trouvé le contrepoint qui rend leur sens à toutes les dissonances, je sais tout ce que je veux savoir du passé et du présent de mon *client*. Je peux même prédire son avenir : je n'ai qu'à continuer à jouer dans le ton.

» Ainsi, monsieur Favart, quand j'aurai achevé de reconstituer votre contrepoint, je pourrai vous prédire ce qui vous arrivera demain, la semaine prochaine ou dans dix ans...

— Je crois, dit Favart, que nous n'avons plus rien à nous dire.

— Une autre dissonance, monsieur Favart : pourquoi le chef du dépôt de Sainte-Marie-des-Anges recevait-il chez lui le mécanicien Pierre Madru ? et ne recevait-il jamais que lui ? Et pourquoi, lorsque ce matin nous avons enquêté ensemble sur les causes de la mort accidentelle du mécanicien Madru, m'a-t-il caché ses relations personnelles avec lui ?

— Est-ce un interrogatoire ?

— Non, monsieur Favart. Un interrogatoire, c'est un air qu'on joue à deux et que j'ai sur mon partenaire l'avantage de diriger. Aujourd'hui je me contente de vous écouter. Je m'efforce de ne procéder à l'interrogatoire que lorsque j'ai déjà esquissé plusieurs thèmes de contrepoint, qui pourraient convenir à l'air de mon *client*. L'interrogatoire, c'est l'expérimentation succédant à l'observation.

— Et quelle est la troisième phase ?

— L'exécution, monsieur Favart. Une œuvre d'art n'est achevée que lorsqu'elle est exécutée. On peut dire la même chose d'un homme.

— Vous avez un mandat me concernant ?

— Pas encore.

— Alors, foutez le camp d'ici !

A cet instant, une explosion ébranla les vitres et une

lueur rouge illumina la fenêtre ouverte du côté du dépôt. Le policier leva le doigt vers les vitres :

— Le contrepoint! monsieur Favart...

Il se leva et sortit rapidement. Favart le suivit à quelques pas. Ils se dirigèrent l'un et l'autre vers le dépôt. Un jeune cheminot les rejoignit à mi-chemin :

— Monsieur Favart! monsieur Favart! cria-t-il, le pont tournant de la première rotonde vient de sauter.

Un des auteurs du sabotage avait été arrêté par les gardes-voies, dans l'instant qui suivit l'explosion, à proximité de la rotonde. Il portait dans sa musette un explosif qu'il s'apprêtait sans doute à placer sous la seconde rotonde, en profitant du désarroi provoqué par l'attentat. Il avait immédiatement été conduit au commissariat.

Le principal se rendit vers minuit au commissariat.

— C'est un cheminot? demanda-t-il.

— Auguste Roncevaux, le mécanicien de Pierre Madru.

— Un homme de tout repos, m'aviez-vous dit.

— Je ne parviens pas à comprendre...

— La meilleure mentalité règne dans le dépôt!

— Il y a là un mystère que je ne vais pas tarder à éclaircir : l'homme s'est tout de suite mis à table.

— Il a donné ses complices?

— Madru.

— Les morts sont des complices sûrs, dit le principal.

Les deux policiers passèrent dans la pièce voisine. Roncevaux était assis. On lui avait donné une cigarette. Deux inspecteurs debout l'encadraient, un troisième tapait à la machine sous sa dictée :

« ... Alors Madru m'a donné le plastic et m'a expliqué comment m'en servir. »

— Vous avez de la chance, Roncevaux, interrompit le principal, je viens d'arrêter Favart : il prend toute la responsabilité de l'affaire sur lui. Il dit que vous n'avez été qu'un sous-fifre, le lampiste de service.

— Ça ne m'étonne pas de lui, dit Roncevaux.

— Vous pouvez l'admirer, il a agi comme un véritable chef doit le faire.

— Non, dit Roncevaux, Favart est un tordu.

— C'est toute votre reconnaissance?

— Je pense que ça le flatterait d'avoir été dans le coup. Mais il lui manque quelque chose pour être un patriote.

— Quoi donc?

— Du cœur, ou des idées claires, ou peut-être les deux...

— Il vient pourtant de manifester du cran.

— Vous mentez. Madru et moi, nous lui avons demandé dix fois de nous aider, il a toujours refusé. Il n'a même pas voulu fermer les yeux.

— Il a eu l'occasion de fermer les yeux?

— Oui. A la mort de Madru. Je me doutais bien que si son rapport mentionnait que le corps de Madru avait été retrouvé dans le fond du cuvelage, ça amènerait ici des oiseaux de votre genre. Je lui ai demandé de me laisser sortir le corps et le transporter sur une voie ; un train serait passé dessus ; l'accident aurait paru normal ; vous ne seriez pas là. Mais il n'a pas voulu prendre de risques...

— Il n'a pas non plus dit toute la vérité dans son rapport, dit le principal... Nous reparlerons de tout cela, ajouta-t-il, je vous remercie.

Les deux policiers sortirent.

— Faut-il arrêter Favart? demanda le commissaire de Sainte-Marie-des-Anges.

— Non, répondit l'inspecteur principal, Favart n'est pas encore dans le coup.

II

Le lendemain matin, comme l'inspecteur principal Marchand buvait un verre de lait dans la salle à manger de l'hôtel du Commerce — cet homme ne boit que du lait et ne fume jamais — on le demanda.

Le visiteur se présenta :

— Inspecteur Fleuri, des Renseignements généraux de Paris.

— En mission ?

— Je suis venu pour l'enterrement de mon beau-frère, le mécanicien Pierre Madru, répondit Etienne Fleuri. Je viens d'apprendre au commissariat les circonstances de sa mort, les événements d'hier soir, et que vous êtes chargé de l'enquête. J'ai pensé que je pourrais vous être utile...

— Vous connaissez également l'ingénieur Favart ?

— Nous sommes tous un peu parents... à la mode de Bretagne. L'oncle de Favart est mon beau-frère et le beau-frère de Madru. Pour être plus clair : Lucien Favart, oncle d'Eugène-Marie Favart, et Pierre Madru ont épousé mes deux sœurs.

— Voilà qui me passionne, dit le principal.

— En fait nous ne nous fréquentons pas. Nous appartenons à une de ces malheureuses familles françaises que la politique, et aussi les réussites et les échecs, ont profondément divisées. Nous formons en quelque sorte deux clans ennemis. Il y a déjà longtemps que ni Madru, ni ma sœur Jeanne, ni mon frère cadet Robert, qui vient d'être déporté, il l'a bien cherché, ne participent plus aux réunions de famille ; ils raisonnent comme les gens du *milieu* ; leur principe : on ne parle pas à un flic. Ils boudent même leur mère : c'est qu'elle n'a pas cédé à leurs sommations de m'interdire sa porte. Mais ils vénèrent la vieille Favart, la grand-mère du chef du dépôt d'ici, veuve d'un communard et aujourd'hui une enragée gaulliste ; nous ne l'avons pas encore arrêtée, c'est qu'elle a quatre-vingt et je ne sais combien d'années. Mais ce sont des histoires de famille...

— ... fascinantes, dit le principal. Continuez, je vous en prie.

— L'oncle de Favart l'ingénieur a par contre bien tourné. C'est un vieux militant socialiste et il a eu des débuts difficiles : marchand forain, fonctionnaire communal de Saint-Ouen, puis conseiller municipal, conseiller général de la Seine, il a su se rallier à temps au Maréchal, et il est aujourd'hui directeur du cabinet du ministre du Travail. Ma sœur roule en voiture, malgré le rationnement d'essence. On arrive plus vite par la politique que par les voies normales de l'administration. C'est démoralisant pour nous autres, honnêtes fonctionnaires.

— Bien sûr, coupa le principal. Mais parlez-moi encore de Favart l'ingénieur.

— Vous le soupçonnez d'être de connivence avec les terroristes ? demanda Etienne Fleuri.

— Vous en seriez surpris ?

— Non. C'est un garçon qui n'a pas de morale et qui n'a jamais su tenir son rang.

— Pourquoi, après être sorti de l'Ecole centrale en bon rang, s'est-il fait artisan imprimeur ?

— Personne n'a compris, et sa grand-mère moins que personne. Remarquez qu'il n'avait pas un sou, et qu'il aurait eu tout avantage à entrer immédiatement dans l'administration. Mais il s'est associé avec un garçon du quartier (nous sommes tous nés dans le vieux Passy), qui avait un peu d'argent par sa mère, laquelle est apparentée

avec des banques protestantes. Ils ont acheté ensemble le
fonds d'un vieil imprimeur de la rue Belloni : cartes de
visite, invitations de mariage, prospectus pour les
commerçants du quartier ; une toute petite boutique sur la
rue et trois machines sous un hangar, dans le fond de la
cour. L'associé vivait chez sa mère. Favart s'est installé —
si l'on peut dire — dans une petite chambre au-dessus de
la boutique.

— Pas de frais généraux, leur affaire pouvait marcher.

— Sans doute. Mais ils n'ont pas eu la prudence de
l'ancien propriétaire du fonds. Ils ont acheté du matériel
neuf, et ils se sont mis à imprimer des livres de luxe, sur
des papiers hors de prix, ce n'était pas le moment, en
pleine crise. En 1933, ils se trouvèrent au bord de la
faillite, mais la mère de l'associé et la vieille Favart
remirent un peu d'argent dans l'affaire. Ça ne dura pas
longtemps. En 33, ils avaient encore deux ouvriers ; en 36,
ils étaient seuls : l'associé s'occupait de la partie commer-
ciale. Favart composait, tirait, rognait, pliait, empaque-
tait ; il avait appris tous les métiers de l'imprimerie et les
pratiquait tous ; il balayait même la boutique, ce n'était
pas la peine d'être sorti de Centrale. Fin 1935, comme
l'affaire allait de nouveau claquer, l'amie de Favart, une
fille en carte, y mit à son tour un peu d'argent...

— Parlez-moi de cette fille.

— Pour être honnête, il faut dire que Favart ignorait
que la Blanchette tapinait. C'est moi qui le lui ai appris en
1936...

— Parlez-moi de la Blanchette, dit le principal, et je
crois que mon enquête sera bien près d'être achevée.

Etienne Fleuri raconta que la Blanchette était également une fille du quartier. Avant l'autre guerre, elle était
belle. Etienne Fleuri avait quinze ans en 1914, on regarde
déjà les filles à cet âge, et il se rappelait bien Blanchette :
une Normande blanche et rose, « avec des nichons comme

des locomotives ». Elle avait déjà dans les vingt-cinq ans à la déclaration de guerre, c'est l'âge où les Normandes fleurissent. Un ami lui meubla un petit appartement rue Vineuse. Mais elle se défendit mal, c'était une béguineuse, qui ne savait pas conserver un ami sérieux. Vers la quarantaine, elle parut se ranger ; sa garçonnière de la rue Vineuse se transforma peu à peu en logement bourgeois ; une jeune fille vint vivre chez elle, qu'elle dit être sa fille, née dans le secret et élevée en nourrice. Elle ne sortait jamais après dîner, sauf deux soirées par semaine, qu'elle passait chez Favart. Elle vivait modestement ; on pensait qu'un ami lui avait laissé de petites rentes et que Favart l'aidait dans la mesure de ses moyens ; sa fille travaillait comme sténodactylo, au siège de la Société Générale, avenue Kléber. On ne fit plus attention aux deux femmes.

En 1936, les hasards du métier d'Etienne Fleuri lui firent découvrir que la Blanchette faisait le tapin tous les après-midi, de trois à six, entre les Halles et l'Hôtel de Ville, au coin de la rue Saint-Bon et de la rue des Lombards. Elle avait alors quarante-six ans. Peu de *passage*. La plupart de ses clients étaient des habitués, satisfaits de sa ponctualité et de sa conscience professionnelle. Elle gagnait bien.

Mais l'honneur de la famille exigeait qu'Eugène-Marie fût averti de l'indignité d'une femme qui passait aux yeux de tous pour son amie. Le policier alla donc le mettre au courant de sa découverte. *Pauvre gosse,* dit Favart. La réflexion parut d'autant plus surprenante que la Normande avait pris du poids en vieillissant.

Favart s'inquiéta ensuite de savoir si un mariage pouvait faire effacer le nom de la fille des registres de la police. Pensa-t-il à ce moment-là à épouser la Blanchette ? On peut tout supposer d'un homme aussi singulier, mais son air farouche découragea Etienne Fleuri de lui poser des questions... Là-dessus, la faillite de l'imprimerie fut prononcée et le bilan révéla que la Blanchette était créancière privilégiée pour plusieurs dizaines de milliers de francs. Peu après Favart épousait Domenica Dominguez, dont le père, un républicain, venait d'être tué en Espagne.

— La Blanchette vit-elle encore? demanda le principal.

— Oui, répondit Fleuri. Elle tient le vestiaire d'un grand café du Trocadéro.

— Je vous remercie, dit le principal.

L'inspecteur principal Marchand passa au commissariat, donna l'ordre de faire venir la Blanchette de Paris par le premier train, puis se fit conduire en voiture dans un restaurant de marché noir, que le commissaire lui avait indiqué, à quelques kilomètres de Sainte-Marie-des-Anges, sur les bords d'une rivière. Il y déjeuna seul et passa la première partie de l'après-midi, à lire, sous une tonnelle. A cinq heures, il était de retour au commissariat.

L'interrogatoire de Roncevaux se poursuivait. Le chauffeur persistait à soutenir contre toute évidence qu'il n'avait eu pour complice que Madru, qu'il ignorait où Madru s'était procuré les explosifs, à qui il obéissait, etc., etc. La police allemande l'avait réclamé ; la police locale avait demandé, pour se couvrir quant à l'avenir, l'avis de Vichy, qui avait été favorable à la livraison du prisonnier ; Roncevaux devait être transféré à Lyon dans la soirée. On ne l'avait pas maltraité, autant laisser aux Allemands la responsabilité des sales besognes.

Les policiers chargés des filatures demandées par l'inspecteur principal venaient de faire par téléphone leurs premiers rapports :

Favart était à son poste. La veuve Madru n'avait pas quitté son domicile ; les funérailles du mécanicien auraient lieu le lendemain après-midi. Le fils Madru, commandé pour un train de marchandises, roulait à bord de sa locomotive en direction de Dijon ; il devait revenir dans la soirée. Mme Favart la jeune avait pris le train de midi et demi pour Lyon et s'était rendue directement de la gare chez un notaire du quartier des Terreaux ; l'agent qui la suivait avait demandé l'assistance d'un agent de la police locale pour doubler la filature ; Lyon avec ses traboules est la ville de France où une filature exige le plus de personnel. A quatre heures, Domenica Favart était entrée chez un dentiste de la Croix-Rousse, déjà lui-même surveillé par la police, parce que suspect d'appartenir à la Résistance. Arrivée les mains vides, elle était ressortie une heure plus tard avec une valise. Elle était maintenant assise, seule, dans un café voisin de la gare des Brotteaux, attendant vraisemblablement le train de dix-huit heures.

Le principal donna des instructions détaillées à son sujet. Puis il partit faire le tour des débits de vins voisins du dépôt de chemin de fer. Il eut tôt fait de découvrir Favart, accoudé à un comptoir, devant un pot de rouge, le visage dans les mains, comme c'était, disait-on, son habitude.

Eugène-Marie Favart tourna la tête et vit l'inspecteur principal Marchand accoudé au comptoir à ses côtés.

— Voilà le musicien, dit Favart.

— Aujourd'hui, dit le principal, je joue l'air de Blanchette.

— Vous allez vite en besogne, dit Favart, je ne croyais pas la police française si bien organisée.

— Voilà qui doit satisfaire votre amour-propre national.

— National? Comprends pas.

— Votre patriotisme.

— Patrie? Connais pas.

— Moi non plus, je n'aime pas les Boches, dit le policier.

— Je n'aime pas davantage les Français, dit Favart.

— C'est une manière d'être européen, dit le policier.

— Je n'aime pas davantage les Américains, les Russes ou les Papous.

— Votre ami terroriste, le chauffeur Roncevaux, a commencé son interrogatoire par une déclaration d'amour à la France.

— Depuis que les riches, qui faisaient naguère profession de patriotisme, ont livré leur pays à l'étranger, l'amour de la patrie est devenu un luxe de pauvre.

— Cosmopolite alors? dit en souriant le policier.

— Je ne conçois pas le cosmopolitisme sans wagon-lit, valise pur porc et traveller's checks. Un homme condamné à vivre à Sainte-Marie-des-Anges ne peut pas s'offrir le luxe d'être cosmopolite.

Le policier commanda un quart Vichy, qu'il ne but pas.

— Regardez ma maison, poursuivait Favart, on la voit d'ici, une jolie villa, presque une maison de riche, une maison particulière. Mais regardez où elle est placée : elle ouvre sur l'avenue de la Gare et mon jardinet est fermé par une grille en fer de lance ; mais elle touche par-derrière à la cité ouvrière et le mur de mon potager est mitoyen avec le mur du potager des hommes d'équipe. Transportez la même maison sur la Côte d'Azur ou avenue Henri-Martin, je serais un riche. Mais parce que ma porte ouvre sur l'avenue de la Gare, je ne suis quand même pas un pauvre. Et les pauvres ne veulent pas de moi.

— Les communistes vous briment?

— Je ne connais pas de communistes.

— Il y a des communistes dans le dépôt, nous en sommes sûrs.

— Certainement, répondit Favart. Mais ils ne me le disent pas. Je pense qu'ils n'ont pas confiance en moi.

— Votre ami Madru était communiste, nous le savons.

— Certainement. Mais il ne me le disait plus.

— Roncevaux, pour vous laver des soupçons qui pèsent sur vous, nous a dit que vous aviez refusé d'aider Madru à faire ses sabotages. Si Madru a demandé votre aide, c'est qu'il avait confiance en vous.

— Il m'a demandé de faire mon devoir de Français contre l'occupant. Je ne comprends pas ce langage. La défaite de juin 1940 m'a réjoui le cœur, parce que j'ai cru qu'elle mettait à genoux ceux que mon grand-père appelait « des propres à rien à galons ». Ensuite j'ai déchanté, parce que ce sont précisément les officiers vaincus qui ont pris le pouvoir. Si Madru m'avait dit : tu travailles au dépôt comme nous, tu es un frère, tu es un camarade, je te demande en camarade de nous donner un coup de main, j'aurais sans doute accepté...

— Il y a des ingénieurs communistes. Nous en avons arrêté. J'imagine que Madru les aurait traités en camarades.

— Mais moi, je suis seul, dit Favart.

Pendant un long moment, Favart et le principal restèrent silencieusement côte à côte, l'un buvant son vin rouge, et l'autre regardant son eau de Vichy. Les ouvriers qui se trouvaient dans le bistrot à l'arrivée du policier, étaient sortis l'un après l'autre.

— Moi aussi je suis seul, dit le policier.

— Je vous emmerde, vous et votre solitude, dit Favart.

Après un moment de silence :

— A bientôt, Favart, dit le principal, il faut que je m'en aille tout de suite. Je dois être à sept heures à la gare, pour arrêter votre femme, qui revient de Lyon avec une valise pleine d'explosifs.

— Vous mentez, dit Favart.

Le principal s'éloigna, et du seuil :

— Je m'en vais réellement arrêter votre femme, je vous

en donne ma parole. Mais je suis sûr de votre bonne foi: Domenica Dominguez n'a certainement pas eu assez confiance en vous, pour vous mettre au courant de ses activités clandestines.

— Je vais vous casser les reins, dit Favart en s'avan-çant.

— Pas maintenant, dit le policier, qui tenait la main dans la poche de son veston, je suis armé...

Et il sortit.

Domenica Favart fut arrêtée à la descente du train par un policier en civil. Mais elle ne portait plus la valise avec laquelle elle était montée dans le train, en gare des Brotteaux, et qu'on chercha vainement dans tout le wagon. Elle fut conduite au commissariat et enfermée. On ne l'interrogea pas ce soir-là.

Plusieurs autres arrestations furent opérées au cours de la nuit, à Lyon et à Sainte-Marie-des-Anges, dont celle du fils de Madru.

III

La Blanchette arriva par le train du matin et fut aussitôt interrogée par l'inspecteur principal Marchand.

Elle lui apprit qu'elle connaissait Eugène-Marie Favart depuis le jour où il avait porté son premier pantalon long. C'est qu'il était le petit-fils de Mme Favart, une femme au grand cœur, très avertie des embûches de la vie parisienne et de toutes les choses de la vie, et à laquelle Blanchette avait souvent demandé des conseils et des réconforts.

Que malheureusement elle n'avait pas suivi les avis de Mme Favart. Et c'est ainsi qu'elle avait été amenée peu à peu, et la vilenie des hommes l'y poussant, à se défendre sur les Champs-Elysées d'abord, puis aux Halles, quartier qu'elle avait préféré, la prostitution s'y exerçant à des heures régulières, sans obliger à l'usage des boissons alcooliques, et laissant libres les soirées, qu'elle pouvait ainsi consacrer à l'éducation de sa fille.

Qu'Eugène-Marie Favart était devenu son amant, alors qu'il était encore élève de l'Ecole centrale des arts et manufactures. Ils se voyaient le dimanche après-midi. Elle ne prenait pas grand plaisir à sa fréquentation. Mais elle était heureuse de lui rendre service, car c'était un garçon qui avait les mêmes qualités de cœur que sa grand-mère, mais qui était timide, gauche et buté, ce qui ne facilite pas l'approche des femmes, et disposait de si peu d'argent de poche qu'il ne pouvait guère fréquenter les gamines, qui ne vont au lit que pour se faire offrir des sorties, c'est normal à leur âge.

Que Mme Favart était au courant de la liaison et l'encourageait, préférant que son petit-fils se satisfasse auprès d'une femme sérieuse et désintéressée, plutôt que dans les mains de quelque gourgandine qui considérerait ses complaisances présentes comme une hypothèque sur la carrière du futur ingénieur.

Et que Blanchette pensait ainsi payer au petit-fils la dette de reconnaissance contractée auprès de la grand-mère.

Que plus tard, quand il devint imprimeur, elle allait plusieurs fois par semaine passer la soirée dans son arrière-boutique. Elle apportait deux ou trois litres de vin rouge. Ils s'asseyaient face à face sur les chaises boiteuses, et bavardaient jusqu'à ce que les bouteilles fussent vides, se racontant l'un à l'autre leurs soucis, elle la santé ou les incartades de sa fille, lui les traites impayées et les discussions avec son associé. Ils se faisaient également l'écho des potins du quartier et en tiraient morale. Puis elle rentrait chez elle. A l'époque de l'imprimerie, il ne la prenait plus que très rarement.

— Avait-il d'autres liaisons? demanda le policier.

— Pas de liaisons, répondit la Blanchette, mais je pense qu'il se contentait avec les boniches du voisinage.

— Pourquoi l'imprimerie marchait-elle mal? demanda le policier.

— Ce genre d'affaires ne marche jamais, répondit la Blanchette.

Elle a sa philosophie des affaires. En 1930, le petit commerce commençait à aller de mal en pis. La période de prospérité d'après la guerre était bien finie. Il était trop tard pour se mettre à son compte et surtout pour créer une nouvelle entreprise, et c'était bien une nouvelle entreprise qu'avaient créée Favart et son associé Favet, en ajoutant l'impression du livre à celle des cartes de visite. Lancer une affaire de ce genre en 1930, c'était une fantaisie de riche. Aussi bien Favet, l'associé de Favart, était un fils de riche. Beaucoup de fils de riches, dans ces années-là, s'étaient lancés dans l'élevage des poules et des lapins, les cultures florales, la réfection des villages abandonnés, les industries d'art et le petit commerce de luxe. On se demande pourquoi ils s'astreignaient volontairement à l'asservissement des petits métiers, de la terre ou du commerce, qui est bien plus rigoureux que celui de l'industrie ou des grandes affaires. Dans l'idée de Blanchette, ces jeunes gens avaient été frappés par le spectacle de l'émigration russe et, persuadés qu'eux aussi perdraient bientôt leurs privilèges, s'entraînaient à vivre dans leur propre patrie comme des émigrés. Mais ils y mangeaient une partie de la fortune paternelle, parce qu'ils n'étaient capables ni de l'assiduité, ni de la comptabilité stricte, un sou est un sou, qui ne s'apprennent que sous la pression d'une rigoureuse nécessité. Ils auraient mieux fait de dépenser leur argent aux courses ou avec des filles. Ainsi pensait la Blanchette.

— Pourquoi donc, demanda le policier, as-tu placé tes économies dans une affaire que tu estimais condamnée ?

— J'ai pris mes précautions, répondit-elle.

— Favart avait du répondant ?

— Aucun. Et en aurait-il eu, que je n'aurais pas voulu, par respect pour sa grand-mère, y faire appel. Mais la mère de Favet a du bien au soleil. Je n'ai placé de l'argent dans l'imprimerie que contre la signature personnelle de Favet.

— La mère n'était pas forcée de reconnaître les dettes de son fils.

— Supposez que le jour du mariage du fils Favet, je fasse savoir qu'il a été sauvé de la faillite par les économies d'une fille en carte...

— As-tu été remboursée ?

— Avec les intérêts et les intérêts des intérêts.

— A quel taux?

— C'est mon affaire.

— Somme toute, dit le policier, Favart a été doublement maquereau : avec toi et avec la mère de son associé.

— Non, dit la Blanchette, Favart travaillait toute la journée, Favet faisait le joli cœur avec ses bouquins de luxe ; il était juste que la mère de Favet crache.

— Pourquoi Favart, sorti en bon rang de l'Ecole centrale, et qui pouvait obtenir tout de suite un bon poste dans l'industrie ou dans l'administration, s'est-il fait l'ouvrier de Favet?

— Parce que Favart est un ouvrier, dit la Blanchette.

D'ordinaire la Blanchette quittait la rue Saint-Bon à dix-huit heures trente précises. Mais ce jour-là, un jour de juillet 1936, un client l'avait invitée à prendre l'apéritif, et elle avait accepté, parce que c'était un habitué dont il convenait de flatter l'amour-propre.

Ils s'étaient quittés à sept heures, et le métro Châtelet, changement à l'Etoile, l'avait menée en une demi-heure à Passy. Elle avait salué en passant la marchande de journaux du coin de l'avenue Delessert et la crémière de la rue Vineuse. Quand elle entra chez elle :

— Comme tu es en retard, maman! dit Madeleine, sa fille.

— La vieille, répondit-elle, a voulu connaître la fin du roman que j'avais commencé de lui lire.

Pour sa fille, sa concierge et les gens du quartier, la Blanchette passait chaque après-midi auprès d'une rentière du boulevard Diderot, comme dame de compagnie.

Elle prépara le dîner, fit la vaisselle, pendant que sa fille se couchait, et, à neuf heures, gagna la rue Belloni. Il y avait encore de la lumière dans l'imprimerie. Favart composait le titre d'une plaquette surréaliste, éditée aux frais d'une Sud-Américaine qui s'intéressait à l'auteur.

— Qu'est-ce que tu imprimes ? demanda la Blanchette.

— Je ne sais pas, dit Eugène-Marie, mais je crois que je n'ai jamais réussi une mise en pages aussi élégante.

Il lava à l'essence l'encre qui maculait ses mains et son front. Il lui restait à mettre sous bandes le catalogue d'un marchand de meubles ; la mise sous bandes était comprise dans le prix de la commande. La Blanchette s'assit sur un tabouret en face de lui, et l'aida, en lui passant les catalogues l'un après l'autre. Sur un autre tabouret, à sa droite, elle avait disposé une bouteille de vin rouge et deux verres, et de temps en temps ils suspendaient leur travail pour boire. L'ampoule nue de la lampe à bras articulé découpait leurs gestes en grandes ombres déformées sur les pages composées à la main, chefs-d'œuvre de l'Imprimerie Favet & Favart, épinglées sur le mur du fond de l'atelier.

— As-tu mangé ? demanda la Blanchette.

— Pas encore, répondit Favart. Mais j'ai là-haut du pain et du fromage et un reste de la soupe d'hier, que je ferai réchauffer tout à l'heure.

— Tu aurais besoin d'une femme pour tenir ton intérieur.

— C'est ce que j'étais en train de penser, quand tu es arrivée, dit Favart. On pourrait se marier, toi et moi.

— Ce n'est pas possible, répondit Blanchette.

— Tu laisseras ton appartement à ta fille. Je retaperai les deux pièces du haut. Ce ne sera pas luxueux, mais sans trop faire de frais...

— Ce n'est pas possible, répéta Blanchette.

— Ta fille n'est plus une môme. Si elle a envie de faire des bêtises, elle les fera aussi bien en habitant avec toi qu'en habitant seule.

— Ce n'est pas pour cela, dit Blanchette.

— Alors ? demanda Favart.

— Je ne te l'ai encore jamais dit, mais tu aurais fini par

l'apprendre. La dame de compagnie, c'est du bidon. Pour dire la vérité, je fais le tapin, tous les après-midi.

— Je le sais, répondit Favart. Etienne Fleuri est venu tout à l'heure me le raconter.

— Il l'a dit aussi à ta grand-mère?

— Sûrement.

— Le salaud!

— Je l'ai foutu à la porte.

— Tu as eu raison. Un homme qui salit une femme qui ne lui a rien fait, on devrait lui cracher sur la gueule... Mais ça ne change rien à la vérité. Tu vois bien qu'on ne peut pas se marier.

— Je ne pense pas que ça t'amuse de faire la putain.

— Je ne fais de mal à personne, protesta Blanchette. Je soulage les hommes. C'est une manière comme une autre de gagner sa vie. Plutôt meilleure. Je gagne en un après-midi, de trois à six, autant qu'une femme de ménage pendant toute une semaine.

— Evidemment... dit Favart.

— Tu vois, dit-elle.

— Mais moi, reprit Favart, ça me rendrait service que tu tiennes mon intérieur. J'en ai marre de manger froid.

— Je ne peux pas faire ma vie avec toi, répondit Blanchette.

— C'est à cause de ton amant de cœur? demanda Favart. Etienne Fleuri m'a également dit que tu as un maquereau.

— Toute putain a un maquereau, répondit-elle en haussant les épaules. Sans mac, j'aurais des ennuis avec les flics, avec les hôteliers, avec mes copines, avec leurs mecs, avec tout le monde. Mon mac, c'est ma patente.

— Tu l'aimes?

— Je n'ai plus l'âge d'avoir des béguins.

— Tu l'as dans la peau? C'est bien comme cela que vous dites?

— Moi? je n'ai jamais rien senti. Sauf pendant trois mois, en 1917, avec un aviateur, qui s'est fait descendre par les Boches. Mes autres béguins c'était du gambergeage. Il y a beaucoup de femmes comme cela...

— Je n'ai pas peur de ton maquereau, dit Favart. S'il vient te chercher ici, je saurai le recevoir.

— Il est en prison, dit Blanchette. Je lui envoie de l'argent tous les mois.

— Il en a pour longtemps?

— Encore deux ans. Mais il retombera **tout de suite**.

— Qu'est-ce qu'il a fait?

— Pas davantage qu'un autre, dit la Blanchette...

» ... Mais je l'ai donné, ajouta-t-elle.

— Ah! oui, dit Favart.

Il continua en silence à mettre sous bandes les catalogues qu'elle lui passait. Et quand la pile était si haute qu'elle allait basculer, il la portait sous l'escalier. Puis il commençait une nouvelle pile.

— Ça te dégoûte que j'aie un mac? demanda-t-elle.

— Ce que je ne comprends pas, dit-il, c'est que tu l'aies vendu aux flics.

— Je ne l'ai pas vendu, je l'ai donné.

— Je ne vois pas la différence.

— Passe encore de payer patente! s'écria Blanchette. Mais qu'est-ce que tu dirais si, par-dessus le marché, tu étais obligé d'attendre le percepteur pendant qu'il fait sa belote, et de dormir avec lui. Je veux vivre en paix avec ma fille. J'ai donné mon mec en douce, mais je lui envoie régulièrement des sous à la prison ; on me respecte et je ne dois rien à personne.

— Je n'aurais pas cru que tu étais une donneuse.

— Je suis une salope, dit Blanchette. Si je n'étais pas une salope, je ne ferais pas la putain.

— Ce n'est pas ton métier que je te reproche, dit Eugène-Marie. Tu n'as pas eu de chance, tu te débrouilles comme tu peux, tu mérites autant de respect qu'une femme mariée qui n'aime pas son mari.

— Tu ne sais pas ce que tu dis, protesta Blanchette. Qu'est-ce que tu penserais d'un homme qui reçoit une gifle et qui tend l'autre joue?

— Qu'est-ce que tu veux dire? demanda Favart d'une voix dure.

— Tu es un bon gars, dit Blanchette. Tu ne sais pas ce que les hommes demandent aux filles.

— Qu'est-ce que tu veux dire? répéta Favart.

— Pour de l'argent, je me laisse battre, dit Blanchette.

— Cela aussi s'achète? dit Favart.

— J'ai un client qui me gifle, et à chaque gifle je dois dire merci et tendre l'autre joue.

— Il y a des hommes infâmes, dit Favart.

— Je ne vaux rien non plus, dit Blanchette.

Il ne répondit pas.

— C'est comme cela, dit Blanchette. Il y a des chevaux vicieux, des chiens sournois, des taureaux qui refusent de se battre, des hommes lâches, et des femmes qui ne valent rien. Moi, je ne vaux rien.

Ils finirent de mettre sous pli les catalogues, puis montèrent dans la soupente. Favart s'assit sur le bord du lit de fer. Il regardait Blanchette qui, debout devant le fourneau à gaz, faisait réchauffer la soupe et lui cuisait une omelette. La blouse et la jupe tombaient sans un pli sur les chevilles lourdes et le pied large. Pas de rides, mais le visage immobile comme la pierre, avec deux traits courts, comme creusés au ciseau, qui prolongeaient la lèvre inférieure en oblique et vers le bas: ce sont les plis de l'humiliation consentie.

— Tu vendrais ta fille? demanda Favart.

— Non, dit-elle.

— Tu me donnerais?

— Toi? peut-être pas.

— Il n'y a pas d'être qui ne vaille absolument rien, dit-il.

Elle se tenait dans l'encoignure de la chambre comme l'une des colonnes sans frise ni chapiteau, faites d'un seul bloc de basalte, qui soutiennent les temples très anciens de la Haute-Egypte.

— Nous nous marierons quand même, dit Favart.

— Ce n'est pas possible, répondit-elle.

— A cause de ma grand-mère?

— Ce serait une raison. Mais même si je ne respectais pas ta grand-mère entre toutes les femmes, je ne voudrais pas faire ma vie avec toi.

— Tu dois t'expliquer, dit-il.

— Tu ne sauras jamais te défendre, dit-elle.

— Evidemment, dit-il.

— Non, dit-elle. Ce n'est pas à cause de ce taudis. Quand tu seras dégoûté de l'imprimerie, tu gagneras de l'argent. Avec tes diplômes, tu ne peux pas faire autrement que de te faire une situation. Mais, même si tu devenais directeur de chez Citroën ou de chez Renault, ou des Chemins de fer de l'Etat, tu ne saurais pas te défendre, tu resterais un ouvrier.

— Les ouvriers savent se défendre, protesta-t-il.

— Non, dit-elle. Un ouvrier qui sait se défendre ne reste pas ouvrier, il devient patron.

— Les ouvriers se défendent bien mieux que moi, protesta Favart. Ils font grève, ils occupent les usines, ils descendent dans la rue, ils obtiennent des conventions collectives, des assurances sociales, des congés payés. Moi, je n'ai rien de tout cela. Et je travaille douze heures par jour.

— Ils ne garderont rien de ce qu'ils viennent d'obtenir, dit-elle. Ils se feront rouler par leurs patrons ou par leurs propres chefs. Ils se font toujours rouler.

— Qu'est-ce que tu en sais?

— ... Parce que ce sont de braves types, continua-t-elle. Toi aussi tu es un brave type : tu gueules, tu te soûles, tu ne paies pas tes dettes, mais tu fais attention de ne pas engrosser les boniches avec lesquelles tu couches, tu es bon avec moi, et je ne t'ai jamais vu vexer quelqu'un pour le plaisir de vexer. C'est pourquoi tu resteras ouvrier... Les ouvriers ne gagneront la partie que quand on les aura tellement battus qu'ils seront devenus méchants à leur tour.

— Je ne suis pas bon, dit Favart. La bonté me dégoûte.

— Etre bon, c'est ne pas trouver son plaisir à humilier les autres.

— Les sadiques sont l'exception.

— Non, dit Blanchette. Tout homme qui possède quelque chose, ne pense plus qu'à humilier ou à se faire humilier. Quand il est forcé de ramper pour garder ce qu'il possède ou pour acquérir davantage, il paie pour battre. Quand il possède tellement que tous les autres rampent devant lui, pour obtenir les restes de sa richesse, il paie pour être battu : c'est le seul moyen qu'il découvre de ne plus être seul.

— Tu ferais une bonne épouse, dit Favart.

— Non, dit-elle. Je tiens à mon cosy-corner, à mon tapis persan acheté en solde, et aux quatre sous que j'ai placés dans ton affaire et que ton associé me rendra huit. Toi tu dépenseras toujours tout ce que tu gagneras, et par-dessus le marché ce que ta femme t'aura apporté. Je serais malheureuse avec toi et toi avec moi... Epouse la petite Domenica, c'est une folle d'Espagnole, elle ne tient à rien et elle a bon cœur.

Puis la Blanchette raconta à l'inspecteur principal Marchand que, déjà à cette époque, Mlle Dominguez venait fréquemment à l'imprimerie. Qu'elle feignait de s'intéresser à la typographie et, d'un voyage en Hollande, avait rapporté des caractères anciens, qui avaient enchanté Favart.

Qu'ils se connaissaient depuis toujours, Mlle Dominguez habitant rue Pétrarque, comme Mme Favart la grand-mère. Il sautait aux yeux que la jeune fille était amoureuse d'Eugène-Marie. Et c'était sans doute pourquoi elle ne se mariait pas, quoique belle et piquante et tout à fait comme il faut, malgré des habitudes d'indépendance somme toute excusables chez une fille qui avait tellement étudié, qu'elle était capable de discuter de la mathématique avec un centralien.

Que Mme Dominguez était fort à l'aise dans ce moment-là, et que le père de Domenica avait été pendant deux ans quelque chose comme ministre en Espagne. Une belle dot avait été promise à la jeune fille. Mme Favart la grand-mère souhaitait vivement qu'Eugène-Marie l'épousât. Et, bien souvent, entre 1930 et 1936, la Blanchette avait demandé à Favart : « Pourquoi ne te maries-tu pas avec cette petite ? Elle est folle de toi. » Mais il secouait la tête, sans donner d'explication. Il était têtu.

Qu'il avait attendu pour épouser Mlle Domenica que le docteur Dominguez ait été tué en Espagne, et la dot engloutie dans la guerre civile. C'était d'autant plus regrettable qu'il l'aimait maintenant comme elle l'aimait elle-même et qu'ils faisaient le meilleur des ménages que la Blanchette eût jamais vu.

Le policier émit des doutes et parla des *crises* de Favart. La Blanchette protesta : qu'il y a toujours des disputes dans les ménages, que cela ne prouve rien, et qu'il n'en fallait que déplorer davantage que la dot de la petite eût été dévorée par la politique, car les soucis d'argent sont à l'origine des nuages dans le ciel des couples heureux. Ainsi pensait-elle.

— Je te remercie, dit le principal. Je n'ai plus besoin de toi.

— Puis-je assister à l'enterrement de Madru ? demanda Blanchette.

— Tu peux te faire passer dessus par tout le dépôt si ça te chante, dit le policier.

— Pierre Madru était un vrai brave homme, dit la Blanchette.

— Bien sûr, dit le policier.

IV

Conformément aux instructions de l'inspecteur principal, Domenica Favart n'avait pas été interrogée. On
l'avait gardée toute la nuit au secret. Elle ignorait les
arrestations qui avaient suivi la sienne.

A onze heures du matin, on la conduisit dans le bureau
du commissaire, où elle trouva l'inspecteur principal, qui
venait d'achever l'interrogatoire de la Blanchette, debout
près de la fenêtre, et seul. Il fit signe aux agents, qui
l'avaient amenée, de sortir.

— Asseyez-vous, dit-il.

— Qu'est-ce que vous me voulez? demanda-t-elle.

— Je vous prie de vous asseoir.

Elle s'assit.

Il vint s'asseoir en face d'elle.

— A nous deux! dit-il.

— Qu'est-ce que vous me voulez? répéta-t-elle. Pourquoi m'a-t-on arrêtée? Qu'est-ce qu'on me reproche?

— J'ai terminé mon enquête, dit le policier. Je repars
ce soir pour Vichy.

— Qu'ai-je à voir avec votre enquête? On m'a arrêtée
sans raison à la descente du train, on m'a fouillée, on n'a
rien trouvé sur moi, pourquoi ne m'a-t-on pas laissée aller
en paix?

— Je vais vous exposer les résultats de mon enquête,
dit le policier.

— Cela ne m'intéresse pas.

— Je vous prie de me laisser parler. Voilà donc le

résultat de mon enquête : vous, Domenica Maria Dominguez, femme Favart, membre du Parti communiste espagnol depuis 1934, membre de l'organisation parallèle du
Parti français depuis 1936, vous êtes le chef du groupe-
ment terroriste auquel il faut attribuer les sabotages
récents du dépôt de Sainte-Marie-des-Anges, et vraisemblablement quelques autres attentats.

Il parlait lentement sans la quitter des yeux.

— Tout cela est complètement faux, dit-elle d'une voix
ferme.

— Laissez-moi parler... Hier après-midi, vous êtes
allée à Lyon. Vous avez passé une heure chez le notaire
Dupuis, qui a été arrêté dans la soirée ; son interrogatoire
se poursuit ; nous avons toutes raisons de croire qu'il est
l'agent de liaison entre le corps franc de l'organisation
gaulliste Libération et les Francs-Tireurs Partisans. Cela
sera vérifié. Vous avez ensuite procédé aux recoupements
classiques, qui vous ont permis de découvrir que vous
étiez suivie ; vous avez semé la filature dans les traboules
de la Croix-Rousse ; mais vous n'avez pas eu de chance :
un des agents qui vous avaient filée vous a reconnue un
peu plus tard place des Terreaux, et vous l'avez mené sans
le savoir chez un dentiste, le docteur Lafargue.

— Et alors ? demanda-t-elle, je me fais soigner les
dents, je peux le prouver.

Elle avait le visage attentif, mais nullement crispé. Ses
mains ne tremblaient pas. Elle parlait d'une voix calme.

— Je ne doute pas que vous puissiez prouver beaucoup
de choses, poursuivit le policier. Mais le docteur Lafargue
cache chez lui un membre de l'appareil clandestin du Parti
communiste, que nous ne connaissons jusqu'ici que sous le
nom de Fouché ; nous essaierons de lui faire dire son vrai
nom. Ce ne sera sans doute pas facile. Les permanents du
Parti communiste illégal sont durs à accoucher. Il n'y aura
pas à aller loin pour le travailler : il nous a fait gagner du

temps en se logeant à côté de la roulette du dentiste...
Cela n'a pas l'air de vous impressionner?

— Mon père a passé sa vie à combattre pour la liberté
du peuple espagnol; aucune saleté d'aucune police ne
peut étonner une Dominguez. Je suis d'autant plus calme,
que je ne connais rien de toutes ces affaires; je n'ai donc
pas à redouter que la torture puisse me faire parler...

— Je n'ai jamais pensé qu'il serait facile de vous faire
mettre à table. Je poursuis: le docteur Lafargue et Fouché
ont été arrêtés hier soir à sept heures. Vous étiez sortie de
chez eux à cinq heures avec une valise à la main...

— C'est faux.

— ... selon le rapport du policier français qui vous
suivait.

— Vous savez mieux que moi ce qu'il faut penser des
rapports de police. Votre mouchard, s'il existe, a voulu
gagner sa vie...

— Vous avez pris le train en gare des Brotteaux. Entre
Lyon et Sainte-Marie-des-Anges, vous avez passé la
valise, qui contenait des explosifs, à un cheminot, dont
nous ignorons encore l'identité, mais nous la connaîtrons.

— Vous m'en reparlerez à ce moment-là.

— Ce cheminot a remis la valise dans la soirée au fils
Madru qui revenait de conduire un convoi à Dijon, et qui,
depuis mon arrivée ici, faisait l'objet d'une surveillance
toute particulière. Le fils Madru est sorti du dépôt à
bicyclette, avec la valise sur le porte-bagages. A ce
moment-là, la filature s'est perdue. Vous voilà soulagée?

— Je n'ai rien à voir avec tout cela, répondit Domenica. Puis-je rentrer chez moi?

— Je poursuis. Le fils Madru est fort connu à Sainte-
Marie-des-Anges, et nous apprenions à onze heures du
soir qu'on l'avait vu entrer, avec son vélo et la valise, dans
une ferme du hameau des Alleuses, chez un nommé
Tenay, Pichon dans la Résistance. C'est là que nous

l'avons arrêté à minuit, en même temps que Tenay-Pichon, et un maçon nommé Loustil, Pierrot dans la Résistance. Ils étaient en train de fixer des détonateurs sur les explosifs amenés dans la valise. Le fils Madru et Pichon sont des durs. Mais Loustil-Pierrot s'est très vite mis à table. C'est évidemment un simple exécutant, qui ne nous a rien appris de très important. Il nous en a toutefois suffisamment dit, pour que nous écartions l'hypothèse que vous n'êtes qu'un agent de liaison entre Lyon et Sainte-Marie. Cela m'eût d'ailleurs étonné, vu ce que je crois deviner de votre personnalité. Voilà ce que je crois comprendre : Madru était le chef local ; vous lui avez succédé ; vous êtes allée à Lyon pour rétablir la liaison avec le centre de votre organisation, et vous en avez profité pour rapporter du matériel. Qu'est-ce que vous avez à répondre ?

— Je ne comprends absolument rien à cette histoire.

— Mettez-vous à ma place, madame Favart. Mon enquête aboutit à six arrestations : trois à Lyon : trois hommes que vous avez rencontrés dans l'après-midi d'hier, et qui sont tous les trois gravement compromis. Trois ici, pris en flagrant délit : le fils Madru, qui fréquente régulièrement votre maison ; Tenay-Pichon, qui nie vous connaître, mais son commis de culture a déjà admis que vous veniez régulièrement dans sa ferme, pour vous ravitailler paraît-il ; Loustil-Pierrot enfin, qui déclare avoir reçu des ordres de vous...

— Ce Loustil, que je ne connais pas, a menti.

— Ne pensez-vous pas que je doive trouver singulier de vous savoir en relation avec ces six hommes ?

— Tous les Français font plus ou moins de résistance. Il est donc fatal que chacun de nous fréquente sans le savoir des résistants. Vous êtes peut-être un résistant, monsieur l'inspecteur ? Je ne peux pas demander à mon notaire ou à mon dentiste un certificat de loyalisme à Vichy, avant d'aller les consulter.

— Vous ignorez totalement l'activité des six terroristes que nous venons d'arrêter ?

— Totalement.

— Vous n'êtes pas leur chef ?

— Absolument pas.

— Vous repoussez les chefs d'accusation que je viens de formuler contre vous : reconstitution d'un parti illégal, complicité de sabotage, association de malfaiteurs, complot contre la sécurité de l'Etat...

— Vous n'avez pas l'ombre d'une preuve.

— Vous niez tout en bloc.

— Je nie.

Le principal se leva et marcha pendant un moment, d'un bout de la pièce à l'autre, les mains derrière le dos. Domenica resta immobile, les poings fermés posés sur la table. Le policier vint se planter en face d'elle.

— Il ne me reste, madame Favart, qu'à m'excuser de vous avoir fait passer une mauvaise nuit. Vous pouvez aller...

Domenica détendit les bras, qu'elle allongea parallèlement à la chaise, se redressa et, renversant la tête en arrière, regarda le policier dans les yeux.

— Je suis libre ?

— Vous êtes libre. Vous pouvez rentrer chez vous.

— Je ne comprends pas, dit-elle, la raison d'être de cette mise en scène.

— Vous vous reconnaissez coupable ?

— Absolument pas.

— Moi, j'ai la conviction que vous êtes coupable. Mais je ne dispose pas de preuves qui puissent étayer mes accusations devant un tribunal. Donc je vous rends la liberté...

Domenica se leva, sans cesser de regarder le policier. Elle repoussa la chaise.

— Vous paraissez surprise ?

— Je suis nécessairement surprise de voir un policier respecter la loi. Je vous félicite, monsieur l'inspecteur, et je vous remercie de votre courtoisie.

— Je ne pense pas que vous me remercierez bien longtemps.

— C'est une formule.

— Je ne compte guère sur votre reconnaissance.

— Je témoignerai à la Libération de votre honnêteté et de votre courtoisie. Je pense que c'est cela que vous attendez de moi ?

— Non, madame Favart. Je ne crains rien de la fin des hostilités. Les nouvelles autorités m'utiliseront contre les anciennes, ma technique est la seule dont aucun régime ne peut se passer. Mais vous allez me haïr, parce qu'en vous rendant la liberté je vous ôte l'honneur...

— Mon honneur ne regarde que moi. Adieu, monsieur l'inspecteur.

— Une seconde, madame Favart, rien qu'une seconde, et vous pourrez partir si vous en avez encore le cœur...

Elle s'avança vers lui, et la tête haute :

— Alors ? demanda-t-elle durement.

— Réfléchissez rien qu'un moment, dit le policier. Sept arrestations hier soir, dont la vôtre ; six sont maintenues, sauf la vôtre ; que vont conclure les six hommes qu'on est en train de torturer ? Toutes les accusations que je viens d'écarter, faute de preuve, ce sont maintenant vos amis qui vont les retourner contre vous.

— Je ne connais pas ces hommes.

— Vous les connaissez, et c'est justement parce que vous les connaissez tous, et parce qu'ils sont vos complices, qu'ils auront le droit de vous accuser d'être une moucharde...

— Je suis toujours libre ?

— Si vous le désirez.

— Adieu.

Elle se retourna et alla pour sortir. Il l'arrêta en posant la main sur son épaule. Elle se dégagea d'une secousse.

— Ne me touchez pas, cria-t-elle. Vous me dégoûtez...

— Du calme, dit le policier. Je vous croyais davantage maîtresse de vos nerfs.

Il posa les mains sur ses épaules et la poussa contre le mur.

— Ne me touchez pas! répétait-elle.

— Vous allez m'écouter, dit-il.

Elle essaya de se dégager, mais il la maintenait fermement.

— Je vous méprise, dit-elle.

— Pas de littérature. Vous allez m'écouter et ensuite vous déciderez ce que vous devez faire.

Il la lâcha et se mit à marcher de long en large, lourd et souple. Elle resta debout contre le mur, le suivant du regard, petite et mince, mais nullement d'aspect plus faible que lui, et ses membres nerveux — en ce mois d'avril, elle allait bras et jambes nus — faits d'une matière, semblait-il, plus dense que ne le sont d'ordinaire les tissus humains.

— Echec et mat, disait le policier.

» Si vous avouez, je vous livre à la Gestapo.

» Si vous n'avouez pas, je vous libère, vous passez pour une traîtresse, et vos amis, ou bien vous exécutent, ou bien vous livrent à l'amertume et au désespoir, qui sont le lot des excommuniés.

» De toute manière, vous êtes éliminée, exécutée.

» Une enquête de trente-six heures, trois conversations, un peu de réflexion, je place mes pièces, échec et mat; l'exécution est impeccable, je n'ai jamais travaillé aussi élégamment.

Sans interrompre sa marche, il posait parfois sur elle le regard pâle de ses yeux globuleux.

— Je suis un exécuteur, disait-il. C'est le plus noble des métiers.

» Le matador exécute le fauve, le régicide le roi, et le prêtre exécute Dieu, chaque fois qu'il dit la messe. Le policier aussi est un sacrificateur ; il promène avec lui l'épouvante qu'inspire le sacerdoce.

» D'un monde qui tombe en pourriture, je suis le dernier des prêtres.

— Non, dit-elle, le larbin.

— Je ne sers que moi-même, en assumant toute la grandeur de ma fonction.

— Non, dit-elle, vous servez un gouvernement de traîtres.

— Je ne m'intéresse ni à mon gouvernement ni à ceux qu'il me fait exécuter. Seules m'importent la rigueur et l'élégance de l'exécution.

— Ce régime est tellement décomposé, dit-elle, que même ses tueurs le désavouent. La police pour la police, ultime expression de l'art bourgeois !

— Vos amis soviétiques aussi utilisent la police.

— Je respecte, dit-elle fermement, la police soviétique, qui défend la classe ouvrière.

— Je me mettrai à la disposition de vos amis si jamais ils prennent le pouvoir.

— Ils vous abattront.

— Vous êtes une fanatique, dit-il. Moi je suis un artiste. Nous ne pouvons pas discuter ensemble...

Il s'arrêta en face d'elle :

— Votre choix est donc fait. Vous préférez la Gestapo à la honte. Vous avouez.

Elle croisa les bras :

— Je n'avoue rien, dit-elle.

Il reprit sa marche. Il était chaussé d'épaisses semelles de crêpe et se déplaçait sans bruit. Chaque fois qu'il atteignait le mur, il se retournait d'un coup de reins, qui faisait pivoter en souplesse la lourde masse du buste. Il disait :

— Vous m'étonnez. J'aurais misé sur votre aveu. Vous êtes membre du Parti communiste depuis dix ans, militante active et aujourd'hui responsable d'un groupe de terroristes. Par ailleurs, pas d'enfant, pas d'amant (ou peut-être en passant des camarades du Parti?) et un mari qui n'est préoccupé que de lui-même. Vous avez fait preuve de caractère. Logiquement, à perdre l'estime de vos camarades, à l'excommunication, vous devez préférer les tortures de la Gestapo et la mort. J'aimerais savoir pourquoi, vous qui ne croyez pas à la liberté, vous choisissez la liberté?

Il désigna la chaise posée devant le bureau :

— Vous ne voulez pas vous mettre à table? Non? Comme vous voudrez. Moi, ça ne m'intéresse plus...

» Mais vos camarades auront raison de vous exécuter, car c'est à cause de vous que six des vôtres viennent d'être pris. Vous n'avez pas été assez prudente avec votre mari. Il s'est aperçu de ce que vous faisiez, et il a été avec moi plus bavard que vous.

— Ce n'est pas vrai, dit Domenica.

— Il ne pensait pas à mal. Quelques mots dans la conversation, qui m'ont permis de faire des recoupements.

— Je ne vous crois pas, dit-elle.

— Vous y réfléchirez.

Il alla jusqu'à la porte et l'ouvrit :

— Je vous remercie, madame Favart. Je n'ai plus besoin de vous.

Elle sortit. Il la laissa passer.

V

La grille du jardin d'agrément, sur l'avenue de la Gare, était entrouverte. Un seau à ordures renversé gisait au milieu de l'allée médiane et une traînée d'épluchures menait au perron. Mais la porte de la maison, contrairement à l'habitude, était close. Domenica sonna.

Elle entendit un fracas de batterie de cuisine, puis un pas précipité. Victoria, mère d'Eugène-Marie, sa belle-mère, vint ouvrir :

— Ah! c'est donc vous, dit Victoria.

Elle se recula, comme pour prendre du champ afin de mieux voir Domenica. Mais en vérité, elle ne la voyait pas. Son regard flottait toujours sans se fixer; c'est ce qu'on appelle un regard égaré.

— ... Je croyais, continua-t-elle, que c'était la police.

— Où est Eugène-Marie? demanda Domenica.

— Où voulez-vous qu'il soit? A son travail, bien sûr...

Il eût été inexact de dire qu'elle avait les traits crispés. En vérité, son visage s'était pétrifié depuis des années dans une expression crispée. Cela aussi contribuait à lui donner l'air égaré. Elle avait la peau grise.

Domenica entra dans le couloir et se dirigea vers la cuisine. Victoria la suivit.

— Imaginez-vous, cria-t-elle, que mon fils travaille. Il est en train de gagner sa vie, et la vôtre...

Même le retour d'âge n'avait pas fait muer sa voix élevée de fillette trop vite grandie.

— Eugène-Marie, cria-t-elle encore, n'a pas le temps, lui, de manigancer des coups avec des voyous.

Domenica alluma le gaz pour faire du café. Victoria s'assit sur un tabouret, les jambes écartées. Ses cheveux filasse s'étaient décolorés sans blanchir ; ils étaient du même gris que la peau.

— Il sera dit qu'à mon âge, cria-t-elle encore, je devrais attendre la visite de la police, comme une criminelle.

Domenica promena les yeux sur la vaisselle de la veille, pas encore lavée et éparpillée sur la table de la cuisine, l'escabeau renversé, les balais en bataille, tout le désordre que Victoria suscitait sur son passage, aussi nécessaire-ment que l'acide muriatique fait foisonner l'eau de savon.

— On croirait, dit-elle, que la police est déjà passée.

— C'est vrai que la police va venir ? demanda Victoria.

— C'est probable, dit Domenica.

— Dans ma chambre aussi ?

— Sûrement, dit Domenica. Ils n'ont confiance en personne, pas même en leurs amis.

— Ah ! gémit Victoria, ils vont saccager toutes mes petites affaires.

Pendant que l'eau pour le café chauffait, Domenica remettait rapidement la cuisine en ordre. Ses gestes étaient précis comme les pas d'une danseuse. Elle ne demandait jamais l'aide de personne pour planter un clou, tenait le marteau entre trois doigts, et calculait d'instinct la multiplication de la force par le levier avec tant de justesse, qu'elle enfonçait la pointe en trois coups et sans faire de bruit.

— Ils vous ont donc relâchée, dit Victoria.

— Apparemment, dit Domenica.

— Trop tard, dit Victoria, toute la ville sait que vous avez passé la nuit en prison... avec le fils Madru. On le voyait déjà trop souvent dans cette maison, lui, son père, sa mère, toute cette famille d'anarchos. On est toujours puni de fréquenter des gens qui ne sont pas de son monde. Mon fils fait belle figure de travailler toute la journée pour vous permettre d'offrir des caracos à la mère Madru et des chemises à son fils...

Domenica était allée chercher une blouse, qu'elle était en train de repasser.

— Vous faites des frais de toilette? demanda Victoria. Vous avez l'intention de sortir? Vous n'avez pas honte d'affronter les regards, après ce qui vient de vous arriver?

— L'enterrement de Madru a été fixé à trois heures, dit Domenica.

— Vous ne prétendez pas aller à l'enterrement de Madru...

— Madru était mon ami...

Elle regarda Victoria.

— ... et mon camarade, ajouta-t-elle.

— Non, cria Victoria.

Elle se leva d'un bond.

— ... Je vous défends de vous exhiber à cette mascarade! Je vous le défends...

— Vous savez bien que j'irai, dit Domenica. Il est inutile de vous énerver. Vous allez encore avoir votre migraine.

— Misérable! cria Victoria.

— Vous êtes encore plus fatigante que les flics, dit Domenica.

Et Victoria, comme tout à l'heure l'inspecteur principal Marchand, se mit à marcher à grands pas autour de la pièce:

— ... Mon pauvre petit, disait-elle, mon tout-petit, mon fils à moi toute seule, rien que nous deux, tu m'avais juré que nous serions toujours rien que nous deux. Une étrangère est venue, une sale Espagnole. Elle te défend de parler, et tu n'as pas le cœur de lui résister, tu es bon toi, tu es faible, tu es comme moi, et tu préfères sacrifier ta mère que de dire « non » à cette horrible femme. Tu sais bien que ta mère ne t'en voudra pas, toi et moi c'est la même chose, je sais bien que tu souffres, mon pauvre petit, mais je ne t'en veux pas, *on s'en fiche tous les deux de l'Espagnole, dadi dada dadeu, nous deux, babi baba babou, on se fiche de tout.*

Elle s'arrêta brusquement devant Domenica :

— Vous ne seriez pas juive par hasard ? cria-t-elle.

Elle essayait désespérément de la dévisager de ses pauvres yeux égarés :

— Ah ! gémit-elle, je suis sûre que vous êtes juive !

On entendit à ce moment s'ouvrir la porte du perron, dont Domenica n'avait pas repoussé le verrou, et le bruit d'un pas sur les carreaux du vestibule :

— La police vient chercher la juive ! cria Victoria.

Elle se précipita dans le couloir, et se trouva face à face avec Eugénie Favart, qui s'avançait d'un pas ferme, la tête haute :

— Vous, mère, s'écria-t-elle, vous ici, il fallait prévenir...

— As-tu des nouvelles de Domenica ? demanda la vieille femme.

— Mère ! s'écria joyeusement Domenica, qui avait entendu la voix.

Elle courut se jeter dans les bras d'Eugénie Favart, qui la pressa contre elle.

L'aïeule avait maintenant les cheveux blancs. Mais elle se tenait aussi droite que vingt ans plus tôt, quand son petit-fils avait rencontré pour la première fois Domenica Dominguez, à l'occasion d'un mariage, dans la maison à cariatides de la rue Pétrarque.

— J'ai eu bien peur pour toi, dit-elle.

— Pierre Madru, dit Domenica, et cette nuit son fils...

— Je sais, dit la vieille femme. Jeanne Madru m'a télégraphié la mort de Pierre, je suis arrivée tout à l'heure. Jeanne m'a tout raconté.

— Les meilleurs tombent, dit Domenica.

— Oui, dit Eugénie Favart. Mais tu t'en es tout de même tirée et les Russes attaquent de nouveau en direction de Kharkov.

Elle serra de nouveau Domenica contre elle. Puis elles entrèrent dans la cuisine. Eugénie Favart s'assit sur le tabouret. Victoria resta sur le pas de la porte.

— Tu en as fini avec la police? demanda Eugénie Favart.

— Non, répondit Domenica, j'ai l'impression que cela ne fait que commencer.

— Alors, qu'est-ce que tu fais là? Tu repasses ton linge, quand tu as la police à tes trousses? Fais ta valise, tu vas prendre le train immédiatement, je vais te donner des adresses...

— Ce n'est pas si simple, dit Domenica... Ah! comme c'est bon que vous soyez venue.

— Explique-toi, ma fille...

Dans l'embrasure de la porte, Victoria murmurait:

— Les juifs, les Savoyards, les Espagnols, les communards, ils me feront mourir, voilà ce qu'ils feront...

— Toujours aussi folle celle-là? demanda l'aïeule.

— Elle était faite pour vivre en des temps plus tranquilles, répondit Domenica.

— Les temps ne sont jamais tranquilles, dit Eugénie Favart. Monte dans ta chambre, ajouta-t-elle pour Victoria, nous avons à parler de choses sérieuses, ma petite-fille et moi.

Victoria monta dans sa chambre.

Domenica raconta à Eugénie Favart les événements des jours précédents, les manœuvres de l'inspecteur principal, les soupçons qui devaient nécessairement dresser ses camarades contre elle, et le doute sur la loyauté de son mari, que le policier avait tenté d'éveiller en elle.

VI

Eugénie et Domenica Favart gagnèrent ensemble, à travers la cité ouvrière, la maison mortuaire. On savait déjà que le fils de Madru avait été arrêté. Les hommes avaient le visage tendu des veilles ou des lendemains de grève. Ils parlaient à voix basse, par petits groupes. Beaucoup de femmes craignaient que les funérailles ne servissent de prétexte à une opération de police ; elles s'attendaient à voir surgir sur la route de Lyon les tractions noires de la Gestapo et les camions de la Wehrmacht. Toute la population de la cité affluait cependant autour de la maison de Madru pour participer aux funérailles du mécanicien.

Il se fit un grand silence quand Domenica apparut. Ainsi donc ils l'avaient relâchée. On se demandait aussi quelle était cette vieille, au port si droit, aux cheveux si blancs, qui marchait à ses côtés.

On venait d'apprendre à Jeanne Madru que sa camarade avait été libérée. Quand elle vit Domenica :

— C'est donc vrai, dit-elle, qu'ils ne t'ont pas gardée !

Elle regardait intensément la jeune femme qui rougit.

— Elle m'a tout expliqué, dit Eugénie Favart. Embrasse-la. C'est toujours notre petite Domenica.

— Nous verrons, dit Jeanne Madru.

— Je ne sais pas ce qu'ils ont fait de ton fils, dit Domenica. J'ai été tenue au secret.

— Notre loyale petite Domenica, insista Eugénie Favart.

— Pierrot a parlé, dit Domenica.

— Nous avons coupé toutes les liaisons de ceux qui sont tombés, dit Jeanne Madru... Je peux bien te le dire, puisque tu sais que c'est la règle.

Domenica ferma les yeux puis les rouvrit. Jeanne Madru la regardait durement.

— Jeanne, implora Domenica.

— On verra, dit Jeanne Madru.

Le cortège se forma.

Huit cheminots en bleus de travail tenaient les cordons du poêle.

La plupart des membres de la famille n'avaient pas pu venir de Paris : Robert Fleuri, le frère favori de Jeanne Madru, était en déportation ; Etienne Fleuri, son autre frère, l'inspecteur des Renseignements généraux, n'avait pas osé, après les arrestations de la veille, se joindre au cortège ; il attendait son passage, en compagnie de l'inspecteur principal Marchand, derrière les rideaux d'un café de l'avenue de la Gare.

Seules donc, Jeanne Madru, Eugénie Favart et Domenica se placèrent immédiatement à la suite du corbillard, sur le même rang.

Puis venaient les bannières des sociétés locales de cheminots.

Puis la foule des cheminots et leur famille, les hommes d'abord, les femmes ensuite, et tout à fait au dernier rang, mêlée à des inconnus venus des autres quartiers de la ville, la Blanchette.

En tout plus de deux mille personnes.

Au moment où le cortège allait s'ébranler, Eugène-Marie Favart surgit d'un sentier, qui menait du dépôt des chemins de fer à la maison des Madru, à travers un terrain vague.

Il serra sa grand-mère dans ses bras :

— J'étais sûr, dit-il, que tu viendrais.

— Je suis contente que tu sois venu aussi, dit-elle.

— Madru, dit-il, est le seul homme au monde que j'aie jamais respecté.

Puis il serra sa femme dans ses bras. On l'avait déjà mis au courant de tout.

— Pourquoi ne m'avais-tu rien dit ? demanda-t-il. Je vous aurais aidés.

— Tu n'étais pas encore prêt.

— Pourquoi m'avez-vous laissé seul ? demanda-t-il encore.

Ils se regardaient avec une interrogation anxieuse.

Et toute la foule les regardait, se demandant ce que l'ingénieur allait faire.

Le cortège se mit en route. Favart se plaça tout à fait en tête, parmi les membres de la famille, à la gauche de Jeanne Madru.

« Ainsi donc, pensaient les uns, l'ingénieur est un parent des Madru. Voilà pourquoi les deux familles se fréquentent. » « Favart a du cran, pensaient les autres. La police et les Allemands ont les yeux sur les Madru. Un autre à sa place aurait pris prétexte des exigences du service pour ne pas venir à l'enterrement. Ou bien se serait placé derrière les bannières, mêlé aux autres dirigeants du dépôt, qui suivent l'enterrement tous ensemble, comme c'est de tradition quand un cheminot meurt en service. Sa présence aux côtés de la veuve de Madru, dont le fils vient d'être arrêté, va être interprétée comme une manifestation contre Vichy et contre les Allemands. » « Qu'est-ce que cela peut bien vouloir dire ? » se demandaient les membres de l'organisation de Résistance ; et ils faisaient les hypothèses les plus variées.

Le cortège s'engagea dans l'allée centrale de la cité ouvrière.

Derrière le corbillard, à la droite de Favart et de Jeanne Madru, Eugénie Favart et Domenica parlaient à voix basse :

— C'est bien qu'Eugène-Marie soit venu, disait l'aïeule.

— C'est bien, répétait Domenica.

— Pourquoi met-il si longtemps à devenir un homme? demandait Eugénie Favart.

— Pourquoi met-il si longtemps à venir à nous? demandait Domenica.

— Le Favart finira par l'emporter en lui sur le Godichaux, disait Eugénie Favart.

— Il finira par retrouver les siens, disait Domenica.

— Il fera comme son grand-père, qui s'échappa du séminaire pour rejoindre les communards.

— Il échappera à la solitude.

— Il n'est pas seul, dit la vieille Favart, puisqu'il t'a.

— Je ne l'ai peut-être pas assez aimé, dit Domenica.

— Il travaille, dit Eugénie Favart. Il n'est pas plus seul que Madru, que deux mille camarades accompagnent au cimetière.

— Ses camarades de travail ne l'aiment peut-être pas assez, dit Domenica.

— Eugène-Marie n'est plus un enfant, dit l'aïeule. Ce sont les enfants qui ont besoin d'être cajolés pour faire ce qu'ils doivent faire.

— Il voudrait, dit la jeune femme, que les copains lui flattent l'épaule en lui disant: « Tu es un bon petit gars, viens te battre à nos côtés. »

— Si c'était moi qui l'avais élevé, il serait aujourd'hui un homme, dit Eugénie Favart.

— Ce n'est pas seulement la famille qui élève les petits d'hommes, dit Domenica. Il est né dans une maison particulière. La camaraderie lui paraît un paradis inaccessible.

— On ne passe pas toute sa vie dans la maison de ses parents, dit Eugénie Favart. J'ai quitté mon chalet de Savoie à dix-huit ans, j'ai édifié plus d'une maison, je les ai perdues, j'ai plus de quatre-vingts ans, je ne demande rien à personne, et c'est encore moi qui aide les autres.

— Les temps ne sont plus les mêmes, dit Domenica. Aujourd'hui on ne peut plus transformer sa maison tout seul. C'est le monde entier dont il faut changer la face, avec l'aide de tous les hommes de bonne volonté.

— Je lui fais confiance, dit Eugénie Favart.

— Je lui fais confiance, dit Domenica.

Ainsi, derrière le cercueil du cheminot Madru, les deux femmes se donnaient l'une à l'autre des raisons d'espérer, celle-ci en son petit-fils, et celle-là en l'homme qu'elle s'était choisi comme compagnon.

— Je lui fais confiance, parce qu'il est de bon sang, dit Eugénie Favart.

— Je lui fais confiance, parce qu'il aspire à la fraternité des hommes, dit Domenica.

Favart marchait sur le même rang qu'elles deux et que la veuve Madru, mais un peu à l'écart. Il allait voûté, comme allait naguère le grand Madru. Il tenait les mains derrière le dos, comme les hommes qui ne sont pas habitués à marcher dans un cortège. Mais quand le cortège se fut tout entier engagé dans l'avenue de la Gare et que sa tête eut pénétré en ville, sous l'œil des petits-bourgeois, pressés derrière leur fenêtre, et qui se demandaient si les Allemands n'allaient pas arriver et ce qui allait résulter de tout cela ; sous l'œil des deux policiers cachés derrière les rideaux d'un café de l'avenue de la Gare ; sous l'œil des autres policiers dispersés çà et là, qui notaient des noms et qui inscrivaient des visages dans leur mémoire, et sous l'œil des envoyés de la Gestapo, dissimulés derrière les vitres de l'Hôtel du Commerce, et qui observaient et le cortège et les policiers français ; quand la foule eut atteint la rampe qui précède la grande place, où s'étaient groupés les patriotes qui n'étaient pas cheminots, mais qui avaient voulu aussi rendre hommage au cheminot

Madru, mort dans le combat, Favart se redressa, ses bras
s'allongèrent le long du corps, le cou se raidit, le pas
devint aisé, ample et un peu solennel, et plus personne ne
s'étonna qu'il fût en tête de tous, le premier des hommes
de la famille.

La foule faisait l'éloge du mort.

Les femmes disaient qu'il avait été un bon mari, jamais
colère, jamais brutal, pas ivrogne et gagnant bien.

Les cheminots disaient qu'il avait été un grand mécanicien. Dans une gare, à l'heure où l'on attelle les rapides
des longs parcours, ç'avait été un beau spectacle, que de
voir le grand Madru, dans la guérite de sa Pacific, un peu
voûté, sa main habile à toute chose, sensible et juste
comme une bonne balance, posée sur les manettes, amener la locomotive contre le fourgon de tête si doucement
que le train ne frémissait même pas. Il savait ménager la
vapeur, profiter des pentes pour atteindre les crêtes sans
ralentir et prendre les courbes à la limite de la vitesse de
sécurité. En 1939, ayant à rattraper un retard provoqué
par une avarie à une machine qui n'était pas la sienne, il
avait battu entre Lyon et Dijon le record de vitesse de la
ligne. Un train conduit par lui, comme un cheval de
grande race ou comme une automobile de compétition,
semblait toujours disposer d'un excès de puissance.

Les jeunes filles disaient qu'il avait eu le regard tendre
et maître de soi-même, qui délie les cœurs et amollit les
ventres ; que la Jeanne avait eu bien de la chance.

Ses camarades du syndicat disaient que son jugement
avait été délicat comme sa main, qu'il savait discerner
avec exactitude quand une grève doit commencer et
quand elle doit finir, et parler aux délégués patronaux
sans humilité ni défi, exactement comme un égal parle à
un égal et un adversaire à un adversaire, qu'il ne surestime
ni ne sous-estime, et qu'il ne craint pas.

Les enfants se rappelaient qu'il savait rire avec eux et
comme eux.

Les communistes disaient qu'il avait été un vrai bolche-vik.

Eugénie Favart disait à Jeanne, sa veuve, qu'elle aurait souhaité que ses fils et ses petits-enfants lui ressemblent. Domenica disait à Jeanne et à Eugénie, qu'elle devait à l'enseignement de Madru d'être capable de donner un sens aux événements du jour, au cours de l'histoire et à sa propre vie. Et Jeanne disait à Eugénie qu'elle l'avait aimé d'amour.

Et la Blanchette, toute seule à la queue du cortège, se rappelait que quand on avait su dans le quartier qu'elle faisait la putain, Madru était le seul homme qui ne fût devenu avec elle ni goguenard ni méprisant, qui ne se fût pas allumé et qui n'eût pas non plus rougi, mais qui eût continué à poser sur elle le même regard bienveillant et compréhensif.

Après l'ensevelissement, la famille se rangea près de la porte du cimetière pour recevoir les condoléances. D'abord Jeanne Madru, la veuve, enveloppée de voiles noirs ; puis Eugénie Favart, puis Domenica Favart, puis Eugène-Marie Favart.

Les voisines embrassaient Jeanne Madru. Les cama-rades lui chuchotaient : « Les Russes vont reprendre Kharkov, nous délivrerons bientôt ton fils. » Les patriotes s'inclinaient devant elle, et puis s'éloignaient en regardant avec défi la foule, parmi laquelle s'étaient cachés des ennemis. On saluait d'une respectueuse inclinaison de tête la vieille Favart. Les cheminots serraient la main de l'ingénieur, avec une intention particulière, qu'il tradui-sait : « Tu es donc des nôtres. Pourquoi ne l'as-tu pas montré plus tôt ? » Beaucoup d'hommes détournèrent la tête en passant devant Domenica. Un jeune gars lui dit à voix haute :

— Tu n'as pas honte d'être venue ici?

Jeanne Madru entendit.

— Tais-toi, dit-elle au jeune gars. Nous ne savons pas encore.

Elle ajouta à voix plus basse:

— Les copains décideront.

Favart sursauta. Il n'avait pas pensé à s'étonner que sa femme fût si vite libérée. Mais il ne vit pas de lien entre les paroles du jeune gars et la singulière mansuétude de la police à l'égard de Domenica. Il supposa qu'il venait de se passer quelque chose, dont il ne s'était pas aperçu; il se promit d'interroger sa femme; puis il pensa à autre chose. Dès la fin de la cérémonie, il regagna le dépôt, où maints devoirs pressants l'attendaient.

Jeanne Madru fut emmenée par des voisines.

Eugénie Favart et Domenica descendirent ensemble vers l'avenue de la Gare.

— Tu dois aller t'expliquer immédiatement avec tes camarades, disait la vieille femme. Ils te connaissent certainement aussi bien que je te connais. J'ai foi en toi. Ils auront foi en toi.

— Ce n'est pas possible, expliquait Domenica. La règle chez nous est de *couper* avec ceux qui ont été arrêtés puis relâchés, même si nous ne les soupçonnons pas d'avoir acheté leur liberté par quelque faiblesse. C'est une règle de sécurité. Notre devoir est d'appliquer mécaniquement les règles de sécurité.

— Force la règle, insistait la vieille Savoyarde. Tu as bien mérité qu'on fasse une exception pour toi.

— Une communiste doit être disciplinée, répétait Domenica.

— Force quand même la règle, insistait Eugénie Favart.

— Et même si je le voulais, je ne le pourrais pas, dit Domenica.

Elle expliqua que les communistes de l'organisation illégale ne se connaissaient que trois. Quant à elle, elle n'avait connu que le responsable régional FTP dont dépendait l'organisation locale, Madru et Pichon. Elle restait seule en liberté ; elle n'avait plus de contacts. Dans une petite ville, le cloisonnement n'est pas absolument étanche, et elle avait de bonnes raisons de croire que certains cheminots, qu'elle avait souvent rencontrés, faisaient partie de l'organisation. Mais la règle, quand on est *coupé*, est d'attendre que l'organisation prenne l'initiative de rétablir le contact, et si elle attaquait un camarade sur la question, il refuserait de l'écouter, telle est la règle.

— Qu'est-ce que tu penses faire ? demanda Eugénie Favart.

— Je cherche ce que je dois faire.

— Une femme de cœur peut toujours faire quelque chose, dit Eugénie Favart.

— Une communiste n'est jamais mat, dit Domenica.

— Je vais t'aider, dit la vieille femme.

— Même en prison, je n'aurais pas été mat.

— Mais on se bat mieux en liberté.

— Si j'avais avoué pour sauver mon honneur, je serais entrée dans le jeu du flic.

— Il faut continuer de te battre, dit la vieille. Et après la victoire, tu t'expliqueras avec tes camarades.

— Mon honneur de communiste est de continuer le combat, dit Domenica.

— Ton honneur de femme, dit Eugénie Favart.

Puis l'aïeule envisagea la situation sous tous ses aspects, avec la lucidité et la pondération que lui avait enseignées une longue existence, qui s'était déroulée entre trois guerres, parmi les combats du commerce et ceux de la politique, et maintenant au sein de la guerre civile. Elle décida que sa petite-fille irait poursuivre le combat clandestin, dans une autre région, sous une fausse identité, qu'elle lui procurerait...

— J'ai un jeu de faux papiers préparés à toute éventualité, dit Domenica.

... dans une organisation gaulliste, dont elle lui donnerait le contact. A Grenoble elle avait un contact. Domenica partirait le soir même pour Grenoble.

— ... Mais il faut prendre garde qu'on ne te suive pas au départ.

— J'irai à bicyclette.

— Combien de kilomètres?

— Cent vingt. J'arriverai demain matin.

— Je partirai cette nuit pour Paris, dit Eugénie Favart, mais je changerai de train à Lyon et je te rejoindrai demain matin à Grenoble.

Elles décidèrent de ne pas prévenir Eugène-Marie, non par manque de confiance, mais parce qu'il discuterait, il discutait toujours:

— ... Et puis, dit Domenica, il voudrait absolument faire quelque chose pour moi. Il prétendra être encore rejeté hors de la communauté, si je ne lui demande rien. Je ne peux pas lui inventer une tâche, dans le seul but qu'il puisse se prouver à soi-même son courage.

— Je lui expliquerai, dit la vieille femme.

A vingt et une heures, Favart accompagna sa grand-mère au train de Paris. Domenica était déjà à quarante kilomètres de Sainte-Marie-des-Anges. Elle pédalait sur une route à larges courbes, au pied de la montagne. Il pleuvait. Les gouttes brillaient dans la lueur de la lanterne. Le bruit du disque d'entraînement de la dynamo sur le pneu faisait un ronronnement régulier.

Elle était partie à la tombée de la nuit, par l'un des chemins vicinaux que les familles des cheminots prenaient pour aller au ravitaillement. Au vingtième kilomètre, elle s'était arrêtée dans un bois pour changer la canadienne mise au départ contre un imperméable emmené dans le sac accroché au porte-bagages ; et elle avait remplacé par un feutre le foulard ostensiblement noué sur ses cheveux.

A un carrefour, une patrouille allemande lui avait demandé ses papiers. Elle avait montré sa fausse carte ; elle était fausse et vraie, enregistrée à la préfecture par un fonctionnaire complice. Le policier français qui accompagnait les Allemands n'avait pas tiqué. Il sera difficile de retrouver sa trace.

Elle traversa un village endormi, dont les chiens aboyèrent, mais personne n'entrouvrit les volets d'aucune maison. Elle ne croisa plus de voitures : peu de Français avaient de l'essence et les patrouilles étaient rares dans cette région sans maquis ; jamais ces campagnes n'avaient paru aussi paisibles.

Elle pédalait régulièrement. Elle attaqua une côte. Le temps avait fraîchi, elle avait négligé de prendre des gants et ses doigts s'engourdirent. Elle se rappela qu'Eugène-Marie lui avait souvent raconté qu'il avait eu froid aux doigts, chaque matin de l'hiver 1919-1920, sur son vélo d'enfant, en allant de la maison particulière de ses parents au lycée, parce que sa mère avait refusé de lui acheter des gants à crispin. Puis elle pensa que la Gestapo était peut-être déjà en train de torturer le fils de Madru, et qu'Eugène-Marie aussi, s'il se décidait à devenir un homme, s'exposerait volontairement à la torture ; ainsi changent les perspectives. Puis elle ne pensa plus qu'au sommet de la côte, qui apparaîtrait peut-être au prochain tournant.

Quand Favart rentra chez lui, il trouva un policier qui l'attendait.

— L'inspecteur principal, dit le policier, vous fait demander de m'accompagner au commissariat.

VII

Favart fut conduit dans le bureau où Domenica avait été interrogée. Il y trouva l'inspecteur principal Marchand et Etienne Fleuri, l'inspecteur aux Renseignements généraux, frère de Jeanne Madru.

— Prenez place avec nous, dit le principal, c'est à une sorte de conseil de famille que je vous ai convoqué.

» Vous étiez l'ami, et un peu le parent de Pierre Madru. L'inspecteur Fleuri était son beau-frère.

» Je vous ai réunis pour que nous envisagions ensemble l'avenir de Jacques, le fils de votre ami Madru, le neveu de l'inspecteur Fleuri.

» Jacques Madru a été arrêté hier soir, dans des circonstances que vous connaissez sans doute...

— Non, dit Favart. Je n'ai pas encore eu le temps de parler avec ma femme...

Il ajouta très vite:

— ... Je pense d'ailleurs qu'elle n'est pas elle-même au courant.

— Jacques, poursuivit le principal, a été arrêté chez un résistant, en train de préparer des explosifs. C'est un flagrant délit. Dans les circonstances présentes, il risque sa tête.

» Par considération pour son oncle, mon collègue, l'inspecteur Fleuri, je veux essayer de le sauver. Je vous demande de nous aider.

— Que puis-je faire? demanda Favart.

— Le plus urgent est que nous évitions que la police

allemande le réclame. Si nous parvenons à détourner l'attention des autorités d'occupation, nous pourrons dans quelque temps transférer le petit Madru dans un camp d'internement français, où il attendra la fin de la guerre, dans des conditions relativement confortables. Mais l'attention des Allemands a été attirée par les sabotages successifs effectués dans votre dépôt et qui risquent de compromettre leur effort de guerre. C'est sur la requête motivée des plus hautes autorités militaires allemandes que j'ai été envoyé ici. Je n'ai pas encore fait de rapport, mais la Gestapo sait certainement déjà que des arrestations ont été opérées à Sainte-Marie-des-Anges ; elle a des informateurs jusqu'au sein de notre police ; je le déplore, mais c'est ainsi. Je ne peux donc pas étouffer l'affaire. Je suis obligé de donner quelque chose aux Allemands. Vous me comprenez, monsieur Favart ?

— Je ne vois pas en quoi je puis vous être utile.

— Jacques Madru peut nous aider à le sauver. Il suffit qu'il nous donne des indications qui nous permettront d'arrêter ses chefs ou ses complices. Alors, je prendrai le risque de passer son rôle sous silence.

— Je ne vois pas en quoi je peux intervenir dans une affaire de police, qui me paraît d'ailleurs tout à fait classique.

— Le jeune Madru est un enthousiaste, c'est de son âge, et un fanatique, c'est le fruit de l'éducation qu'il a reçue. Il met son point d'honneur à contrarier les efforts que nous faisons pour le sauver. Il croit s'identifier aux héros que son père lui a donnés pour modèles, en résistant à mes paternelles adjurations. Je vous demande, à l'inspecteur Fleuri et à vous, de joindre vos efforts aux miens.

— J'y perdrais mon temps, dit Favart, et j'y gagnerais son mépris.

— Je ne suis pas certain que vous y perdiez votre temps, monsieur Favart. Vous étiez l'ami de son père, et son chef... aux chemins de fer j'entends. Parlez-lui raison, tandis que son oncle lui parlera sentiment, et nous viendrons peut-être à bout de sa volonté de suicide. Quant au reste, croyez bien que quand ce garçon se sera mis à table, il aura perdu toute envie de mépriser qui que ce soit.

— Je refuse, dit Favart.

— Votre jeune ami se mettra à table de toute manière, dit le principal. Tous nos clients finissent par se mettre à table. Il suffit d'être assez patient pour découvrir leur vice.

— Chaque homme a son vice, intervint Etienne Fleuri.

— Moi, dit le principal, j'aime voir s'étaler la dégueulasserie humaine. Vous, monsieur Favart, disons que vous êtes un solitaire. Et vous, Fleuri?

— Moi, répondit Etienne Fleuri, j'aime la fesse, ça me tient depuis toujours, quand je vois une fesse, je ne me possède plus, il faut que j'y touche.

— Vous voyez, Favart. Si j'avais à accoucher en douceur notre ami Fleuri, je chercherais quelles saloperies lui a fait faire sa passion pour les fesses; et puis, fini de crâner, il se déculotterait sans honte... Mais avec le petit Madru, nous n'avons pas le temps d'opérer en douceur.

— Il n'a pas de vice, dit Favart.

— Voilà deux ans qu'il complote, poursuivit le principal. Il a bien dû faire quelque saleté à ses camarades de complot: vendre la fausse carte, qu'il était chargé de donner à un juif; ou bien dépenser avec sa petite amie l'argent qu'il devait transmettre à la femme d'un déporté. Si j'avais le temps, je découvrirais la saleté qui fait rougir Jacques Madru quand il est seul, et il ne ferait plus de façons pour se déculotter.

— Il se taira.

— Il fera comme les autres. Ils résistent plus ou moins longtemps, selon la conception qu'ils se font de l'honneur et la maîtrise qu'ils ont de leurs nerfs et de leur imagination. Et puis ils se mettent à dégobiller tout ce qu'ils savent avec une espèce de jubilation. Nous en apprenons plus que nous ne voulons. On croirait que ça les soulage. Ils y viennent tous. Tous les hommes sont égaux devant le policier, comme devant le médecin et le confesseur.

— Seulement ceux qui ont peur de la prison, de la souffrance ou de la mort, dit Favart.

— Ils se lâchent, poursuivit le principal, ils lâchent tout, et puis ils éprouvent un lâche soulagement. Mais ça pue.

— C'est votre vice d'aimer cette puanteur, dit Favart... Prêtres et flics, vous êtes des sadiques sans grandeur, qui opérez lâchement à l'abri de l'appareil de l'Eglise ou de l'Etat.

— Nous trouvons toujours plus lâches que nous.

— Madru serait resté clos et intact devant vous, dit Favart.

— Il est trop tard pour le mettre à l'épreuve... Mais nous ne sommes pas là, monsieur Favart, pour faire la philosophie du cœur humain. La Gestapo réclame des coupables ; elle n'a pas le temps de fignoler le travail ; si je suis obligé de lui livrer Jacques Madru, elle emploiera pour le faire parler des procédés plus brutaux que les miens et aussi efficaces.

— Il se taira.

— Vous avez certainement entendu parler des tortures mises au point par nos polices spéciales, l'allemande et la française ?

— Oui, monsieur, répondit Favart. Mais cette guerre, par laquelle je refuse de me considérer comme concerné, nous aura tout de même appris qu'il existe des hommes qui continuent à dire non au milieu des tortures.

— Vous croyez aux héros, monsieur Favart ? Vous m'aviez pourtant paru un homme raisonnable. Ne vous ai-je pas entendu dire hier que vous teniez dans un égal

mépris les Français et les Allemands, les Anglais et les
Russes, et que leur bruyant débat ne vous intéressait pas ?
Je vous admirais de ne respecter, en des temps où les plus
sages perdent le contrôle de soi-même, que le beau
tableau noir où vous écrivez si vite vos interminables
équations.

— On peut apprendre beaucoup de choses en vingt-
quatre heures, dit Favart.

— Les aventures de votre femme vous ont monté à la
tête ? Mais vous êtes-vous seulement demandé pourquoi
nous l'avions relâchée, alors que nous avons gardé le petit
Jacques ?

— J'ai totalement confiance... commença Favart.

Mais dans cet instant il revit le petit gars du cimetière et
l'entendit dire à Domenica : « Tu n'as pas honte d'être
venue ici ? » Et il se tut.

— Nous pouvons maintenant faire entrer votre neveu,
dit le principal à Fleuri.

Favart se leva et alla s'appuyer contre la cheminée. Le
principal parlait bas à Fleuri. Favart jouait sans y penser
avec une matraque de policier, que ses doigts avaient
trouvée sur la cheminée ; il se demandait pourquoi Domenica aurait dû avoir honte de se tenir au cimetière aux
côtés de la veuve de Madru.

Fleuri alla jusqu'à la porte et cria :

— Amenez le gosse.

Favart s'aperçut qu'il avait la matraque dans la main et
la posa vite, car il craignait d'avoir l'air d'un policier,
quand entrerait le fils de Madru.

Le gosse entra, entre deux agents, menottes aux poignets. On le fit asseoir en face de son oncle, et les deux
agents sortirent. Le principal alla s'asseoir près de la
fenêtre, et feignit de s'intéresser au spectacle de la rue,
qu'il apercevait par-dessus le toit d'un appentis où les
policiers remisaient leurs bicyclettes. Favart resta adossé à
la cheminée.

— J'ai obtenu de M. l'inspecteur principal, dit Etienne Fleuri, qu'il essaie de te sauver la tête. C'est parce que tu es mon neveu. Remercie-le.

— Continue, dit Jacques Madru.

— ... Parce que tu es mon neveu, et parce que j'ai intercédé en ta faveur, malgré les mauvais procédés de ton père. Mais respectons les morts...

Puis Fleuri exposa à sa manière les termes du marché proposé par le principal.

— ... Maintenant, conclut-il, il ne te reste plus qu'à parler. Ton sort est entre tes mains.

— J'ai déjà dit tout ce que je sais, répondit Jacques.

— Qui t'a donné la valise d'explosifs?

— Papa.

— Ce n'est pas vrai.

— Vous le savez peut-être mieux que moi...

— Nous savons que la valise a été amenée au dépôt, par le train qui arrive de Lyon à huit heures...

L'interrogatoire se poursuivit pendant un long moment, sans que Madru change rien à ses précédentes déclarations : son seul complice avait été son père, qui était mort.

Favart feignait de regarder, tantôt dans un coin, tantôt l'autre du bureau, le portrait du Maréchal, le poêle de fonte qui rougeoyait, le toit de l'appentis par-dessus la tête de l'inspecteur principal.

— Tu réponds comme tes camarades t'ont conseillé de le faire, disait Etienne Fleuri. C'est le vieux principe des repris de justice : avouer ce qui est connu de tous, charger les morts et nier le reste contre l'évidence même.

— Je n'y peux rien, dit le gosse, si j'étais trop jeune pour que papa me mette au courant.

Cela continua encore pendant près d'une heure.

— Qu'est-ce que tu veux que je te dise de plus, disait le gosse. Que je suis communiste? C'est vrai, je suis communiste et je saurai mourir en communiste.

— Tu déballeras comme les autres, dit l'oncle.

Et il se mit à décrire les tortures des sections spéciales des polices française et allemande.

Le principal s'approcha, s'assit sur le coin de la table et dit à voix haute, sans regarder Favart, auquel il tournait désormais le dos:

— Je crois qu'il est temps que M. Favart fasse entendre la voix de la raison à cet enfant.

— Lui, dit Jacques Madru, papa disait que tout ingénieur qu'il soit, il ferait mieux de retourner à l'école.

— Moi, je suis ton oncle, dit Etienne Fleuri, écoute-moi...

— Toi, dit le gosse, t'es un sale flic de Vichy.

— Répète, dit Etienne Fleuri.

— Un sale flic!

Fleuri gifla le garçon à toute volée.

Une gifle fait voir rouge. Favart revit Madru, debout devant lui, dans l'arrière-loge de la concierge de la rue Pétrarque. Puis il vit son père, dressé devant la table du banquet de noce, son binocle à la main, *cocu, cu...*

— Sale flic, répéta le garçon, qui s'était levé et qui, les mains rapprochées sur le ventre par les menottes, défiait Fleuri du regard.

Favart sentit la matraque sous sa main. Il s'avança.

Le principal tourna la tête et le vit avancer.

— Favart!... commença-t-il.

Favart frappa sur le front, entre les deux sourcils si blonds qu'ils en paraissaient blancs. Le principal chancela. Favart frappa de nouveau, à deux mains, et cette fois sur le sommet du crâne, qui était plat. L'inspecteur s'effondra silencieusement.

Dans le même instant, Jacques Madru s'était brusquement baissé et s'était lancé de tout son poids contre Etienne Fleuri, qui reçut la tête au menton. Il tomba en arrière. Il ouvrit la bouche pour crier. Un coup de matraque l'endormit.

— Vite, dit Favart.

Il ne s'était jamais senti aussi léger. Le bonheur de vivre chantait pour la première fois dans son cœur.

Il saisit le tisonnier.

— Tends les mains, dit-il à Jacques.

Il introduisit le tisonnier dans un maillon de la chaîne des menottes.

— Tiens bon, dit-il.

Le gosse raidit les poignets. Favart fit tourner le tisonnier. Il ne s'était jamais senti aussi fort. Le maillon claqua.

Ils coururent à la fenêtre :

— Passe le premier, dit Favart.

— Madru, murmura le gosse, avait bien dit que vous seriez un jour des nôtres.

— File, dit Favart.

Le gosse sauta sur le toit de l'appentis, puis dans une courette, et disparut du côté des jardins, dans la nuit.

Favart sauta à son tour. Il fit trois pas sur le toit. Des bois craquèrent. Les tuiles cédèrent sous lui, et il s'écroula, dans un grand fracas, parmi les vélos des flics.

Il fallut quatre hommes pour le maîtriser. Il fut passé à tabac et conduit le lendemain à la prison de Fort-Montluc.

L'inspecteur principal Marchand fut convoqué à la direction de la Gestapo de Lyon.

Le haut fonctionnaire qui le reçut s'étonna qu'ayant arrêté à Sainte-Marie-des-Anges trois terroristes, il en avait laissé filer deux, Domenica Favart et Jacques Madru, et n'avait gardé le troisième, Eugène-Marie Favart, que parce que celui-ci s'était foulé le pied en filant trop vite.

Le principal commença d'exposer ses théories.

— Notre police procède autrement, dit l'Allemand. Nous avons décidé de vous faire une démonstration, afin de vous convaincre de l'efficacité de nos méthodes.

— Je vous remercie, mon colonel, dit le principal. Nous saurons certainement tirer profit de l'enseignement.

— Je vais vous exposer un problème type, dit l'Allemand, *Enoncé:* L'inspecteur principal Marchand, de la Sûreté française, laisse échapper trois terroristes, que son devoir était d'arrêter. *Question:* Marchand est-il un incapable ou appartient-il à l'organisation de résistance qui noyaute la police française? *Méthode:* Nous le soumettons au traitement de nos équipes spécialisées dans la production des aveux. *Résultat:* Si c'est un saboteur, il avoue, dans l'espoir de mettre fin au traitement, et nous tenons ainsi un des fils de l'organisation. Si, faute d'être un saboteur, il ne peut pas produire d'aveux véritables, le traitement est poursuivi jusqu'à sa fin dialectique, c'est-à-dire la destruction de son propre objet, et nous débarrassons la police française d'un incapable, ce qui ne peut qu'alléger notre effort de guerre.

L'Allemand appuya sur un bouton, et deux SS entrèrent, qui mirent la main sur l'épaule du principal.

— Mon gouvernement... s'écria-t-il.

— Ton gouvernement... dit l'officier de la Gestapo.

Et il fit un geste obscène.

Les deux SS conduisirent le principal dans la chambre de torture, où il fut soumis à la question.

Favart fut de nouveau passé à tabac, à son arrivée à Lyon. Puis il fut jeté, évanoui, dans une cellule, où l'on avait déjà entassé six prisonniers. Il ne reprit conscience que pour s'endormir aussitôt.

Il se réveilla, étendu sur une paillasse. Sa tête était posée sur quelque chose de tiède et de vivant. Il entrouvrit les yeux, et vit que la cuisse d'un homme, qui était assis sur le bord de la paillasse, lui servait d'oreiller. Puis, promenant lentement le regard autour de la cellule, il distingua encore deux hommes accroupis sur le sol, et trois autres debout le long des murs. Il s'aperçut aussi qu'il n'y avait pas d'autre paillasse que celle sur laquelle on l'avait étendu.

— Alors, demanda une voix, est-ce qu'on la fume cette cigarette?

— Non, dit un petit gros, qui parlait avec une autorité tranquille ; on attend qu'il soit réveillé.

— Il n'est peut-être pas fumeur, reprit la voix.

— Quand il se réveillera, dit le petit gros, il sera bien content de tirer sa bouffée.

— Merde, dit l'autre, je ne peux plus penser qu'à cette cibiche. Je ne donnerai pas ma bouffée pour un poulet rôti...

» Mais tu as raison, ajouta-t-il. Il faut attendre son réveil, et qu'il tire la première bouffée.

Il y eut un long silence. Favart regarda, entre ses cils mi-clos, les mains du petit gros, qui étaient longues et déliées comme celles de Madru. Puis il ferma les yeux et se rendormit.

Un peu plus tard, il sentit qu'on déplaçait sa tête, qui fut posée à plat, puis de nouveau soulevée. La cuisse sur laquelle elle reposa dès lors était plus haute que la précédente. Une main se posa sur son front, légère et ferme, et il fut convaincu que c'était celle du petit gros. Il sentit une douleur aux côtes qui s'amplifiait à mesure qu'il achevait de se réveiller ; il ouvrit les yeux.

— Salut, les amis, dit-il.

— Salut, mon gars, répondit au-dessus de lui la voix du petit gros.

Eugénie et Domenica se retrouvèrent à Grenoble, dans la maison d'un ami. C'est là qu'elles apprirent les événements qui s'étaient déroulés dans le commissariat de

Sainte-Marie-des-Anges, l'évasion du fils de Madru et qu'Eugène-Marie avait été arrêté et transféré à la prison de Fort-Montluc.

Domenica pleura dans les bras de l'aïeule.

— Courage, ma fille, dit Eugénie Favart. Nous le délivrerons.

Et elle ajouta :

— Il a retrouvé les siens. Plus rien ne fera obstacle à votre bonheur.

Dans la collection
Les Cahiers Rouges

Cet ouvrage a été réalisé par la
SOCIÉTÉ NOUVELLE FIRMIN-DIDOT
Mesnil-sur-l'Estrée
pour le compte des Éditions Grasset
en février 1992

Imprimé en France
Dépôt légal : février 1992
N° d'édition : 8721 - N° d'impression : 20011
ISBN : 2-246-41931-X
ISSN : 0756-7170